Manuel Spinne

Bebendes Verlangen

Wohin die Liebe führt

Deutsche Erstausgabe, 2011
ISBN: 978-3-8423-4728-1
Herstellung und Verlag:
Books on Demand GmbH, Norderstedt

Kapitel 1: Liebe stinkt

Veronika Seiler sah aus wie eine Göttin. Ihr Körper war klein und zierlich, aber zugleich auch muskulös und sehr ausdauernd. Regelmäßig joggte sie samstags und sonntags, kurz nach Sonnenaufgang, im Park. So früh am Morgen ist die Luft natürlich immer besonders frisch.

Es war ein recht milder Samstagmorgen, mitten im Sommer. Die ersten Leute waren auch schon mit ihren Hunden unterwegs. Der Kiesboden unter Veronikas Füßen erzeugte bei jedem Schritt ein scharrendes Geräusch. Veronika trug grüne Sportschuhe mit weißen Streifen. Adidas. Der Jogginganzug war von der gleichen Firma, ebenfalls grün mit weißen Streifen. Sie sah wie ein riesiger, gestreifter Grashalm aus, aber dennoch sexy. Trug sie ihr langes, lockiges Haar meistens offen oder hochgesteckt, so pflegte sie, vor dem Joggen, ihre Haare zu einem Pferdeschwanz zusammenzubinden. Beim Laufen flog er mit jedem Schritt rhythmisch hin und her. Ihre natürliche Haarfarbe war schwarz, das stand ihr sehr gut. Dennoch zog sie es vor, sie zu blondieren, auch die Augenbrauen blieben von der Blondierung nicht verschont. Ihre grünen Augen leuchteten kräftig. Sie funkelten wie Sterne und waren von langen, geschwungenen Wimpern umgeben, diese verschafften ihr einen extrem verführerischen Augenaufschlag. Selbst wenn man Veronika auf der anderen Straßenseite stehen sah, konnte man das strahlende Grün ihrer großen, sexy Augen nicht übersehen. Ihre Fingernägel waren lang und gepflegt. Sie liebte es, damit den Männern beim Sex den Rücken zu zerkratzen.

Überhaupt liebte sie Sex über alle Maßen. Sie bekam auch wirklich jeden Mann, den sie wollte. Ihre Verführungskunst war legendär, nahezu jeder Mann wurde ihr früher oder später geradezu hörig. Aber ihre Beziehungen hielten nie besonders lange, da sie sehr erfolgsverwöhnt und fordernd war. Entweder hatte sie die Männer nach häufigem und stundenlangem Sex total ausgepowert oder die armen Kerle gingen pleite, weil Veronika doch recht verschwenderisch mit Geld umging, vor allem mit dem ihrer Liebhaber.

Beruflich war sie ebenfalls sehr erfolgreich. Alle Schulen, die sie je besucht hatte, verließ sie stets mit Bestnoten in allen Schulfächern und das, ohne sonderlich viel zu lernen. Dazu hätte sie auch kaum Zeit gehabt, da sie eh meistens mit Jungs rumhing.

Sie bekam jeden Job, den sie wollte, stieg in kürzester Zeit die Karriereleiter stark nach oben. Veronika hatte gerade ihre Volljährigkeit erreicht, da war sie schon die Inhaberin von zwölf Modelabels.

Ganz allgemein war das Glück ihr immer hold. Das

Wetter spielte ebenfalls jedes Mal mit. In den Ferien, oder wenn sie sich Urlaub nahm, strahlte die Sonne.

Alles, was sie einkaufen wollte, hatte der Händler gerade vorrätig, krank wurde sie auch nie. Zwar war das alles ihrer besten Freundin Nadine manchmal unheimlich, aber dennoch verstand sie sich sehr gut mit ihr. Sie kannten sich seit dem Kindergarten.

Nadine war einen halben Kopf größer als Veronika und hatte einen Bubikopf, eine Frisur, die hauptsäch-
lich in den 1920ern hochmodern war. Das schwarze, streng gescheitelte Haar lag, unterstützt von Pomade, ein Fett, dem Haargel nicht unähnlich, streng am Kopf an. Nadine war leicht übergewichtig, das konnte man durch die Alltagskleidung erkennen. Sie zog sich ganz gewöhnliches Zeug an, wie eine Durchschnittsfrau. Ganz anders als Veronika, die ja schon eher elegante Kleidung trug, um ihren Körper zu betonen. Das ließ die Männer sabbern und sie genoss es. Veronika sah eigentlich immer aus, wie eine Prinzessin, oder besser gesagt, Pornoqueen. Sie war eine so geile Braut, das man meinen könnte, Gott hätte das Sperma nur ihretwegen erfunden, heilige Erektion!

Am Nachmittag trafen sie sich bei Nadine. Sie wohnte in einer gewöhnlichen Zwei-Zimmer-

Wohnung. Die Inneneinrichtung wirkte modern und farbenfroh. Parkettboden aus Buchenholz, gelb gestrichene Wände, weiße Decke, an der eine schwungvolle Deckenleuchte montiert war. Die Leuchte bestand aus sechs drehbaren Spots. Vor dem großen Fenster hing ein blauer Vorhang, dessen Länge bis zum Boden reichte. Der Teppich auf dem Fußboden war von dem gleichen blau wie der Vorhang. Auf der Mitte des Teppichs stand ein großer Glastisch, auf dem wiederum ein kleiner Blumentopf stand. Die Blümchen darin hatten Blüten der unterschiedlichsten Farben. Ein Exemplar der aktuellen Tageszeitung lag ebenfalls auf dem Tisch. Hinter dem Glastisch befand sich eine weiße Ledercouch, die direkt an der Wand anstand.
Die beiden saßen auf dem Sofa, plauderten über dies und jenes bis Veronika auf der Titelseite der Zeitung einen Artikel entdeckte.

„David Hombold übernimmt die Kuscheltierfabrik Hombold GmbH in Stuttgart".

Sofort war Veronika vom Schwarzweißfoto angetan, welches zentriert im Artikel positioniert war. Darauf erkannte man wie Vater und Sohn Hombold, vornehm mit Nadelstreifenanzug und Krawatte bekleidet, sich die Hände schütteln. Der Vater war ein großer Mann mit dünnem schwarzem Haar, welches einige grauen Strähnen aufwies. Der Sohn war noch größer als sein Vater. Er hatte volles schwarzes Haar und den Körper von Adonis, kräftig und athletisch.

Nadine kapierte sofort: »Oje, den Blick hast du immer drauf, wenn du dich verliebst«
Veronika grinste: »Den schnapp ich mir! Ich habe schon einiges über ihn gehört, er soll nicht gerade der klügste sein, aber dafür ein ordentliches Muskelpaket samt Sixpack haben. Genau der Richtige zum Umerziehen, hi, hi. Am Sonntag hat seine Firma einen Tag der offenen Tür, dann ist er fällig.«
Beide lachten über diese Bemerkung.

Sonntag.
Die Hombold GmbH bot eine Besichtigung an.
Das Firmengebäude war sehr groß. Die Außenwände waren überwiegend weiß gehalten, obwohl auch vereinzelnde Malereien von Teddys, sprechenden Puppen usw. zu sehen waren. Die Firmenbesichtig-
ung zeigte einen bemerkenswerten Einblick in die Arbeit der knapp zweihundert Angestellten. Über-haupt wurde man Zeuge sämtlicher Arbeitsschritte:

Mit welchem Verfahren Malbücher gedruckt werden, aus welchem Material die Puppen bestehen und wie Stofftiere hergestellt werden.

Die Besichtigung ließ Veronika und Nadine kalt.

Links neben dem Gebäude stand ein riesiges, weißes Festzelt, aus dem Volksmusik dröhnte. Das war schon eher ein Angriffspunkt. Dort konnten sich die Besucher die Bäuche vollschlagen. Typisch für ein Festzelt standen darin natürlich jede Menge Bänke und Tische. Überall saßen irgendwelche Leute, tranken Bier oder Cola und aßen Currywurst oder Pommes Frites. Eine kleine Bühne befand sich ebenfalls im Zelt. Neugierig sahen sie sich nach David um. Es dauerte nicht lange bis sie im Festzelt auf ihn trafen. Er wollte gerade auf die Bühne pirschen, um seine Gäste zu begrüßen, da lief auch schon Veronika neben ihm her, konnte gerade noch so Schritt halten, fasste ihn entschlossen am Arm und zwang ihn so, kurz vor der Treppe, stehenzubleiben. Sie überreichte ihm ihre Visitenkarte und flüsterte ihm zu, dass er sie anrufen soll.

Veronika wohnte in einem Haus außerhalb der Stadt. Es war sehr modern eingerichtet und überfüllt mit Weiberkram. Auf jedem Sofa lagen mehrere Zierkissen, sehr viele Schuhschränke waren im ganzen Haus verteilt und sie konnte eine beachtliche Stofftiersammlung ihr eigen nennen.

Natürlich klingelte ihr Telefon nicht. Sie müsste schon etwa drei Tage lang warten, bis er sie anrief. Vielleicht war David schon vergeben, aber da nie ein Mann Veronika widerstehen konnte, wusste sie genau, dass er anrufen würde, ganz bestimmt.

Endlich rief er dann doch an. Obwohl David ihr immer wieder neue Vorschläge bezüglich eines Treffens machte, gab Veronika ihm stets aufs Neue zu verstehen, dass sie zu den von ihm vorgeschlagenen Terminen leider nicht könne.
Er wurde immer nervöser, stand große Verlustängste durch, glaubte sie zu verlieren, obwohl er sie niemals hatte, seine Stimme begann zu zittern. Die ewige Stotterei brachte seinen Erzählfluss ins Wanken, machte ihn noch nervöser. Schließlich bot er an, am Samstag für sie in seiner Villa zu kochen. Sie willigte ein. Ein riesiger Stein fiel ihm vom Herzen.
Nachdem er ihr erklärt hatte, wo er wohnte, verabschiedeten sie sich und legten auf.

Für das erste Date schlug Nadine das türkise Kleid mit den Spaghettiträgern vor, mit der Begründung, es würde wunderbar zu ihrem frisch aufgetragenen Lidschatten passen. Sie hörte auf den Ratschlag ihrer besten Freundin, auch deshalb, weil ihr das Kleid ebenfalls sehr gut gefiel.

Davids Villa sah wie ein kleines Schlösschen aus, hatte ein dunkles Mansarddach, aus dem seitlich ein kleiner Turm herausragte und viele Fenster, doch nur durch wenigen war eingeschaltetes Zimmerlicht zu sehen. Die Dämmerung hatte bereits eingesetzt.

Veronika lief zum Vordereingang der Villa.
Mehrmals musste sie klingeln bis David die Haustür
öffnete. »Weißt du denn nicht, dass man eine Lady
nicht warten lässt?«, fragte sie mit gespielt vor-
wurfsvoller Stimme.
David antwortete: »Ich war gerade in der Küche und
habe nach dem Essen im Ofen gesehen, scheint bald
fertig zu sein. Komm' doch rein!«
Hatte schon die weiße, reichlich verzierte Haustür
einen noblen Eindruck bei Veronika hinterlassen,
musste sie erst recht staunen, als sie mit David von
der Eingangshalle über einen Flur bis zur linken Tür
lief, hinter der sich das Esszimmer befand.

Die Eingangshalle war gigantisch, ein hoheitliches
Vestibül. Wenn hier jemand sprach, konnte man
denken, man sei in einer Kathedrale, so stark war
der Nachhall, ein Echo, das seines Gleichen suchte.
Der Boden, die Wände, die Decke, ja, selbst die
Säulen waren aus dunklem Marmor, genau wie die
Wendeltreppe. Ein mit Gold verziertes Geländer
schmückte die Treppe, welche zu den oberen
Stockwerken führte.
Die Decke war mit wunderschönen Malereien
übersät, der riesige Kronleuchter in der Mitte war
ein Traum.
Am Ende der Halle führte ein langer Korridor zu
diversen Räumen. Der knallrote Teppichboden und
die Kerzenleuchter an der Wand verliehen dem Flur
eine romantische Ausstrahlung.

Nachdem David die Tür zum Esszimmer geöffnet hatte, ließ er sie eintreten. Auch dieser Raum passte optisch perfekt zum Rest des Hauses. Ein langer Eichentisch nahm den größten Teil des Raumes ein. David sagte zu Veronika: »Du kannst dich schon mal setzen, ich bringe gleich das Essen.«

Dann verschwand er in der Küche. Über Davids Unhöflichkeit konnte sie nur die Augen rollen und vor sich hin seufzen, während sie sich setzte. Dann kam er aus der Küche stolziert mit einem Teller in jeder Hand. Darauf lag eine frisch gebackene, all-tägliche Tiefkühlpizza. Veronika konnte es nicht fassen und dachte sich ihren Teil. Ohne zu murren, aß sie schließlich mit ihm Pizza.

P I Z Z A ! ! !

Nachdem beide mit dem Essen fertig waren, fragte sie ihn, wo denn das Badezimmer sei, sie wolle sich frisch machen, sagte sie. David ging mit ihr zum Badezimmer und sagte: »Hier werde ich auf dich warten, damit du dich auf dem Rückweg zum Esszimmer nicht verirrst.«

»Okay, danke, bis gleich.«, antwortete sie und öffnete die Tür.

Das Badezimmer erstrahlte in einem Meer aus Königsblau. Die beiden Waschbecken, die Wanne, die Fließen, alles dasselbe blau. Der Boden war wie in der Eingangshalle aus dunklem Marmor. Sie ließ die Tür hinter sich ins Schloss fallen.

»Damit du dich auf dem Rückweg zum Esszimmer nicht verirrst.«, äffte sie ihn mit übertriebener Miene und flüsterleise nach. »Der glaubt wohl, ich bin dumm.«

Für einen kurzen Augenblick dachte sie nach: »Hey, das könnte klappen.«

Sie kramte ihr pinkfarbenes Handy aus ihrer schwarzen Handtasche und wählte, damit das Handy den lauten, typischen Wählton von sich gab, um gleich danach den Knopf für das Auflegen zu drücken, damit David, der vor der Tür stand, glaubte, sie würde wirklich telefonieren. Sie wartete noch etwas, um das klingeln lassen zu simulieren. Dann sprach sie in einem normalen, nicht aufgesetzten Tonfall mit einem nicht vorhandenen Gesprächspartner: »Ah, Nadine, endlich nimmst du mal ab. Hör' zu! Also. Der David, der ist ein absoluter Reinfall. Er rückt nicht den Stuhl für mich zurecht, wenn ich mich setzen will und zum Essen gab's so 'ne öde Tiefkühlpizza«

David starrte auf die Tür, war fassungslos.

»Das ist doch kein Essen für ein erstes Date. Ich glaube, ich bin für ihn nur ein Betthäschen, das er mal kurz durchbumsen kann«

Aufgeregt stand er der Badezimmertür zugewandt und schüttelte irritiert den Kopf. »Aber nicht mit mir! Was soll ich nur tun? In solchen Zeiten vermisse ich Gabriel.«

David fragte sich: »Wer ist Gabriel?«

Veronika sprach weiter: »Weißt du noch, was er alles für mich getan hat? Ich habe dir doch von ihm erzählt. Als er mit mir shoppen gegangen ist, ohne ein Mal zu meckern, wie er im tiefsten Winter freiwillig gefroren hat, nur damit er seine Jacke um mich legen konnte, damit ich es wärmer hatte, als mir meine gestohlen wurde. Er kaufte alle roten Rosen, die sie im Blumenladen hatten, um sie mir zu schenken und wie er sich beim Sex bemüht hat, immer erst nach mir zu kommen. Ein Traum von einem Mann. Ach, ich vermisse ihn so sehr! Wirklich furchtbar, dass ein Geisterfahrer frontal auf ihn draufgeknallt ist und er noch am Unfallort starb. Niemals hätte ich ihn sonst verlassen. Du, ich muss jetzt Schluss machen, sonst fragt sich der dämliche Langweiler, wo ich so lange bleibe. Bis dann, tausend Bussis, tschüssi!«

Panisch ergriff David die Flucht ins Esszimmer. Allerdings musste er aufpassen, dabei nicht zu laut zu sein, um keinen Verdacht zu erregen.

Als Veronika zurück war, erklärte sie ihm, dass sie soeben mit einer guten Freundin telefoniert habe. Die sei von ihrem Freund verlassen worden und brauche jetzt ganz dringend jemand zum Reden. Kurz nachdem Veronika auf den Flur trat und Richtung Eingangshalle schlenderte, rief David: »Veronika, es tut mir Leid. Ich habe viel Mist gebaut heute. Bitte gib mir noch eine Chance, nächstes Mal koche ich uns etwas außergewöhnlich Gutes, versprochen!«
Nach kurzem Zögern meinte sie: »Na, gut, nächsten

Samstag, um zwanzig Uhr, komme ich wieder, und wehe, es ist nicht außergewöhnlich! Schließlich bin ich doch auch eine außergewöhnliche Frau.
Enttäusch mich nicht!«
David war erleichtert: »Vielen, vielen Dank, ich werde dich nicht enttäuschen, du wirst sehen, unser zweites, erstes Date wird phantastisch!«
Er hielt ihr die Haustür auf, als sie ging. Er war im Begriff, ein echter Gentleman zu werden… oder ausgenutzt.

Sonntag.
In Nadines Wohnung berichtete Veronika über das vergangene Date. Darüber, wie sie im Bad so getan hatte, als würde sie mit ihr reden und darüber, wie David auf den Trick reingefallen und wie er um eine letzte Chance gewinselt hatte. Nadine gab ihr zu verstehen, dass sie bettelnde Männer überhaupt nicht leiden konnte, die seien schlicht und ergreifend nicht männlich. Doch Veronika war da ganz anders, hatte eine sadistische Ader. Sie hat es immer genossen, wenn sich die Männer um sie bemühten. Wenn ein Mann für sie durch die Hölle ging, wirklich alle Strapazen für sie in Kauf nahm, fühlte sich ihr Ego wohl und geborgen. Sie war die klassische Femme fatale, ein Frauen-Typus, der die Männer manipuliert und ausnutzt.
Nadine wollte wissen: »Wann seht ihr euch wieder?« Veronika antwortete: »Am Samstag. Dieses Mal will er es besser machen. Da bin ich aber

gespannt.«

David hatte seinen langjährigen Freund namens
Michael eingeladen. Er hatte ein schlechtes
Gewissen wegen der Pizza und er hatte Angst, von
Veronika verlassen zu werden, noch bevor
überhaupt eine Beziehung zustande kam. Er meinte:
»Wie verzweifelt und hilflos muss eine Frau sein,
die mitten im Date aufspringt, im Badezimmer ver-
schwindet und ihre Freundin um Rat fragt?«
Michael antwortete: »Die ist wohl so eine, die man
von vorne bis hinten verwöhnen muss, weil sie sonst
glaubt, nicht geliebt zu werden. Die ist wirklich wie
ein hilfloses Kind«
David überlegte: »Dann hat sie ihrer Freundin am
Telefon auch noch von ihrem Ex erzählt, wie toll der
doch war und alles. Was mache ich denn jetzt? Nein,
sag nichts! Ich habe schon eine Idee für
Samstagabend, hoffentlich kann ich sie damit beein-
Drucken.«
Nach einer Weile ging Michael nach Hause und
David machte sich eine Liste. Darauf schrieb er, was
alles für das nächste Date besorgt werden musste.

Samstag, kurz vor zwanzig Uhr.
Als es an der Haustür klingelte, rannte David so
schnell er konnte aus der Küche, durch die
Eingangshalle bis zur Haustür. Es waren gerade mal
acht Sekunden seit dem Klingeln vergangen als er
die Haustür öffnete.

Draußen stand Veronika. Sie trug ein zitrone-
farbendes Kleid, die Frisur hochgesteckt, sodass
kein Haar ihren Nacken berührte.

Sie begrüßten sich, David bat sie herein. Er umfasste
ihre Taille, führte sie durch die große Halle, den Flur
entlang und hielt ihr die Tür zum Esszimmer auf. Sie
bedankte sich dafür, das strahlende Lächeln gab die
Sicht auf ihre Zähne frei, die so weiß, so
kerzengerade, so perfekt waren. Dann ließ er sie
aussuchen, wo sie sich hinsetzen wollte und rückte
für sie den Stuhl zurecht.

Selbst erstaunt über diese Wandlung warf Veronika
einen verwunderten Blick zu David.
Dann sagte er: »Entschuldige mich bitte, das Essen
kommt sofort!«
Sie sah sich im Zimmer um, als er in der Küche
verschwand. Der Tisch war prunkvoll gedeckt,
silbernes Besteck, weiße Servietten und Teller mit
Goldrand. Auf dem Tisch standen
Warmhalteplatten, dazwischen Blumen und Kerzen.
Das Esszimmer ist wie ein Nobelrestaurant
eingerichtet worden. An den Wänden hingen Bilder,
darauf waren fliegende Schmetterlinge zu sehen,
Landschaften, Stillleben und so weiter. Dieser
Moment gefiel ihr so sehr, dass sie sich ein Lächeln
nicht verkneifen konnte, wobei ihre makellosen
Zähne zum Vorschein kamen. Ihre, vom Lächeln
zusammen- gekniffenen Augen funkelten. Das Grün

der Regenbogen- haut war intensiv, leuchtend, es stach einem ins Auge.

Die Tür ging auf, David trat rückwärts in den Raum ein, da er einen sehr großen Servierwagen aus Edelstahl herzog. Speisen und Getränke standen auf allen drei Borden verteilt und nutzten jeden Millimeter Abstellfläche. Zügig stellte er alles auf den Tisch. Das Essen und Trinken hätte locker für zwölf Personen gereicht: Neun verschiedene Salate, Fleisch von Rind, Schwein, Kalb, Pute, Ente, Hirsch und Känguru in sämtlichen Ausführungen aus sämtlichen Körperstellen.

Alkoholhaltige sowie alkoholfreie Getränke aller Art waren auch dabei. Alles, was man Essen oder Trinken konnte, befand sich auf dem Tisch, natürlich auch Trüffel, Hummer, Kaviar und sonstiges teures Zeug.

David sagte: »Den Nachtisch bringe ich später, damit er schön frisch ist, wenn ich ihn serviere. Was möchtest du trinken?«

Veronika überlegte kurz: »Ich hätte gerne ein Glas 1787er Château d'Yquem Sauternes.«

Es handelte sich dabei um den teuersten Wein der Welt mit einem Preis von knapp fünfzigtausend Euro pro Flasche.

»Eine Kennerin … gefällt mir!«, sagte David als er die Flasche aus dem Eiskübel nahm, öffnete und ihr einschenkte. »Ausgezeichnet!«, bewertete Veronika den Wein und stellte das Glas zurück auf den Tisch. Zum Essen entschied sie sich für ein Omelette, dass David streng nach dem Originalrezept von 'Norma's' zubereitet hatte. Die Zutaten für das Omelette sind gequirlte Eier, 450 Gramm Hummerfleisch, 280 Gramm Sevruga-Kaviar und Whisky-Frittata.

Beim Essen richtete sich David nach Veronika und aß dasselbe wie sie. Das Luxus-Essen hatte er hauptsächlich für sie organisiert. Es war für ihn eine Menge Arbeit die Rezepte herauszufinden und um die ganze Welt zu reisen, um an alle Zutaten zu kommen.

Beim Essen war er sehr aufmerksam.
So schenkte er, zum Beispiel, immer nach, sobald sie ihr Glas ausgetrunken hatte, stets mit einem Lächeln auf den Lippen und natürlich ohne zu drängen oder aufdringlich zu sein. Da er immer wieder aufstehen musste, um sie zu bedienen, wurde sein Essen allmählich kalt, doch er aß weiter, als sei nichts gewesen.

Sie sprachen über die Kuscheltierfabrik und über Filme, die gerade im Kino liefen.

Als Veronika zu Ende gegessen hatte, legte auch David sein Besteck auf den Teller, obwohl er noch ein bisschen hungrig war.
Zügig räumte er den Tisch ab, fuhr das Geschirr zur Küche und brachte mit einem anderen Servierwagen den Nachtisch.
Auch da geizte er nicht. Zur Auswahl standen

diverse Eiscremes, Puddings, Kuchen und so weiter.
Sie entschied sich für einen Luxus-Eisbecher.
Dieser bestand außer dem Eis selbst, unter anderem
aus den Zutaten: Goldmandeln, Armagnac, Kaviar
und Chuao-Schokolade.
David nahm den gleichen Eisbecher.
Nach dem Abendessen gab Veronika ihm zu
verstehen, dass sie jetzt so langsam nach Hause
gehen wollte.
Er rückte für sie den Stuhl zurück, damit sie
aufstehen konnte und begleitete sie zur Haustür.
Dort angekommen schlug er vor: »Wir können
Morgen ins Kino gehen. Es läuft ein Horrorfilm«
Sie antwortete: »Nein, lieber nicht. Solche Filme
machen mir Angst. Was hältst du denn von
„Rosengarten im Schnee"? Das ist ein sehr
romantischer Liebesfilm«
Darauf hatte er gar keine Lust, widersprechen wollte
er aber auch nicht, also sagte er: »Na, gut! Wo
wohnst du eigentlich und wann kann ich dich
abholen?«

Nachdem sie ihm ihre Adresse verraten und einen
Treffpunkt mit ihm vereinbart hatte, setzte David
zum Kuss an. Mit beiden Händen drückte sie ihn
sanft von sich weg. »Nein, noch nicht. Ich bin noch
nicht bereit dazu. Lass es uns langsam angehen, ja?«
»Okay, kein Problem, ich kann warten«, stimmte
David zu. »Danke für alles! Es war sehr schön.
Tschüssi, bis Morgen«, sagte sie, stieg in ihr Auto,

einen roten BMW Z4, startete ihn und schaltete das Abblendlicht ein. Da die Straße vollkommen menschenleer war, verzichtete sie darauf, den Fahrtrichtungsanzeiger einzuschalten, weil niemand da wahr, den sie auf ihr Vorhaben, loszufahren, hinweisen konnte und somit keiner das Blinklicht sehen würde. Während sie ihm fröhlich zuwinkte, fuhr sie los und verschwand in der Dunkelheit der Nacht.

Nachdem er die Haustür geschlossen hatte, rief er seinen alten Freund, Michael an. David erklärte ihm, er wolle ihn in der Stammkneipe treffen.
Gesagt, getan.

Sie tranken Bier und unterhielten sich über Veronika. »Sie ist wirklich wunderschön, aber leider etwas prüde. Hey, ich habe mich so ins Zeug gelegt und sie verweigert mir einen harmlosen Abschiedskuss. Egal, Morgen wird es passieren. Dann ist sie fällig.«, sagte David.
Michael war überrascht: »Ihr trefft euch schon wieder? Na, das muss ja die große Liebe sein.«
David sah das genauso: »Ja, ich bin wirklich in sie verliebt.«
Sie schlugen die Gläser zusammen und nahmen anschließend einen großen Schluck.

Inzwischen war Veronika zu Hause angekommen und telefonierte mit ihrer Freundin Nadine.

»Was? Echt jetzt? Das gibt's doch nicht! Ist das
wirklich wahr?«, fragte Nadine erstaunt als
Veronika ihr vom gemeinsamen Abendessen
erzählte. Veronika fügte hinzu: »Ja, es war
unglaublich. Morgen holt er mich ab, dann gehen
wir ins Kino.«
»In welchen Film?«, wollte Nadine wissen. »In
einen Liebesfilm.«, sagte Veronika.
»Hast du ein Glück. Mit mir geht kein Mann in
einen Liebesfilm«, gab Nadine neidisch zu.
Veronika erklärte: »Nun, zuerst wollte er mich in
einen Horrorfilm einladen, du weißt ja wie sehr ich
auf solche Filme stehe. Ich habe aber so getan, als
ob ich Angst vor solchen Streifen hätte und habe
ihm den Liebesfilm vorgeschlagen. Außerdem habe
ich im Moment mehr Lust auf eine Schnulze als auf
Splatter. Später kann ich immer noch so tun, als
hätte ich Angst vor Horrorfilmen. Ich könnte mich
doch dann, vor Schreck, ganz fest an ihn kuscheln.
Das wird ein Spaß.«
Der Neid in Nadine wuchs: »Oh, du raffiniertes,
kleines Miststück,. Manchmal wünschte ich, ich
hätte so viel Glück wie du!«
Langsam, aber sicher, wechselten sie das Thema und
sprachen bis zum Morgengrauen über alles
Mögliche.

Kapitel 2: Merkwürdige Erlebnisse

Im Kino ließ David seine Veronika entscheiden, welche Sitzplätze sie nehmen sollten. Sie verlangte zwei Plätze in der Mitte, David bezahlte.

Dann meinte Veronika: »Willst du noch Popcorn und 'ne Cola?« David antwortete: »Klar! Willst du auch was?«

Sie stimmte zu. Nachdem David für beide Popcorn und Cola gekauft hatte, ließen sie sich die Karten abreißen und liefen zu Saal 4.

Nach dem torförmigen Durchgang zum Kinosaal wurde es dunkel. Sie müssten nach rechts laufen, da der kurze Gang eine Biegung machte. Je weiter sie liefen, desto heller wurde es. Sie erblickten die Leinwand, sahen die Sitzreihen und ein paar schemenhafte Gestalten, die im Raum verteilt saßen. Das schummrige Licht war gerade noch hell genug, um die richtigen Sitzplätze zu finden. Auf dem Boden waren Buchstaben zu sehen, die die Reihe bestimmten. Auf den Rückenlehnen der roten Stühlen waren, in Form von Zahlen, die Sitzplätze markiert. Als sie ihre Plätze gefunden hatten, legten sie Popcorn und Cola auf die mit rotem Stoff überzogenen Sitzflächen ab.

Zuerst half er ihr aus der Jacke, dann zog er seine eigene aus. Sie stellten ihre Cola in die Getränke-Behälter, welche sich jeweils seitlich neben den Sitzen befanden.

David, ganz Gentleman, legte beide Jacken auf seinen Schoß, klemmte ihre Tüte Popcorn unter seinen rechten Arm und hielt seine eigene Tüte in der linken Hand. So konnte Veronika ganz ungestört den Film ansehen.

David war richtig gelangweilt, weil der Film gegen Ende zu einer kitschigen Musical-Nummer mit Finger schnipsenden, herum tanzenden Männern und Frauen verkommen war.

Als Veronika die Langeweile in seinem Gesichtsausdruck sah, war sie für einen Moment eingeschnappt.
Sie wendete ihren Blick nicht von ihm ab, biss sich fies grinsend auf die Unterlippe und meinte:. »Gib' mir mal die Jacke und das Popcorn! Mir ist kalt und ich kriege langsam Hunger.« Im Sitzen zog sie sich ihre Jacke an, machte sich die Haare zurecht und nahm das Popcorn, das er ihr reichte.

Die Tanzeinlage des Films ging allmählich auf ihren Höhepunkt zu, das Fingerschnipsen wurde häufiger, lauter, ging mit dem Takt einher.

Veronika sah mit verstohlenem Blick rüber zu David, der gerade gähnte. Plötzlich schien seine Cola zu explodieren. Sie schoss mit einer gewaltigen Fontäne über zwei Meter in die Luft, um sich danach wie schwarzer Starkregen auf ihm zu ergießen.

Schreckhaft sprang Veronika auf.

Sein Popcorn schoss wie von Geisterhand ebenfalls fontänenartig in die Luft, um dann auf ihm zu landen.

Der hohe Zuckergehalt des Colas bewirkte, dass das meiste Popcorn an ihm kleben blieb. Er sah wie geteert und gefedert aus.

Veronika lachte: »Entschuldigung, aber das sieht wirklich zu komisch aus«

Vollkommen mit den Nerven fertig, stand er auf.

»Es tut mir wirklich Leid, aber ich werde jetzt nach Hause fahren. Zieh den Geldbeutel aus meiner Hose und hol' dir den Fünfziger raus, das Geld dürfte fürs Taxi reichen. Es tut mir sehr leid, das ist mir alles so peinlich! Du kannst den Film ruhig zu Ende sehen«, sagte David.

Genau das hatte sie vor.

Vorsichtig zog sie die Brieftasche aus seiner verschmierten Hose, denn sie wollte ja nicht selbst dreckig werden. Danach steckte sie den Geldbeutel wieder in seine Tasche zurück. David wiederholte: »Es tut mir wirklich leid! Ich werde dich heute Abend anrufen.«

So eilte er aus dem Kinosaal.

Veronika steckte den Fünfzig-Euro-Schein in die Hosentasche, lehnte sich zurück und sah den Film in aller Ruhe bis zum großen Happy End an.

Nachdem er geduscht und die verschmierten Klamotten in die Waschmaschine geworfen hatte, rief er seinen besten Freund an.

»Na, hast du es ihr wild besorgt?«, fragte Michael.

»Komm, hör auf, das war eine beschissene Nacht!«

»Was? Wieso denn?«

»Die Cola ist explodiert«

»Was?«

»Und das Popcorn auch«

»Was laberst du da? Spinnst du?«

»Wir saßen im Kino, der Film neigte sich dem Ende zu, da peitscht plötzlich die Cola aus meinem Becher, dasselbe passierte kurz danach auch mit dem Popcorn«

»Jetzt hör aber auf!«

»Aber wenn ich es dir doch sage. Ich weiß nicht. Ach, ist doch eh egal. Viel wichtiger ist doch im Moment, was Veronika jetzt wohl über mich denkt. Die glaubt doch sicher, dass ich das mit Absicht getan habe, um ihre Aufmerksamkeit auf mich zu lenken. Sie denkt bestimmt, ich sei ein Verrückter oder so. Ich gebe es nicht gern zu, aber ich habe Angst, dass sie mich nicht mehr sehen will, aber ich liebe sie doch so sehr. Was soll ich denn jetzt bloß tun?«

In Veronikas Wohnzimmer wurde der vergangene Abend ebenfalls besprochen.

Veronika stellte, wild gestikulierend, pantomimisch die Fontänen aus Cola und Popcorn vom gestrigen Tag im Kino nach.

Nadine lachte: »Ha, ha, ha, der Arme! Wie hat er

das nur hingekriegt?«

»Keine Ahnung.« antwortete Veronika.

»Wann wirst du ihn wiedersehen?«

»Er hat sich richtig dafür geschämt, was ihm da passiert ist und hat sogar fünfzig Euro für ein Taxi springen lassen. Ich werde gar nichts tun, solange er sich nicht bei mir meldet. Mich um Vergebung zu bitten, reicht mir nicht. Er soll sich Mühe geben, Phantasie zeigen, sich richtig für mich ins Zeug legen, um mir seine Liebe zu beweisen. Dann, aber nur dann, kriegt er noch eine Chance.«

Nadine schüttelte den Kopf: »Du hast vielleicht Ansprüche, aber bei deinem Glück klappt das wahrscheinlich sogar.«

»Ich weiß!«, sagte Veronika heiser und schmunzelte.

Plötzlich nahmen sie eine bisher noch nie gehörte Melodie war. Veronika öffnete die Glastür und ging raus auf den Balkon. Sie legte ihre Unterarme kreuzweise auf dem weißen Geländer ab, stützte ihr Kinn darauf ab und sah, unten auf dem Rasen, eine Menge Leute stehen. Mehrere große Lautsprecher waren aufgebaut. Alle Personen, bis auf eine, hatten ein Musikinstrument in der Hand. Die Melodie wurde auf einem Schlagzeug, einer E-Gitarre, einem Kontrabass, einem Cello und einem Piano gespielt. Der einzigste, der auf keinem Instrument spielte, war David. Was für ein Anblick: David stand fast direkt unterm Balkon von Veronikas Haus, hinter ihm spielten Einige auf einem Instrument, dahinter

versammelten sich viele Schaulustige.
Während die Melodie ertönte und die Zuschauer im
Rhythmus klatschten, sang er:

»Veronika, Veronika,
du bist da!
Endlich hat das Warten ein Ende.
Jetzt kommt die Wende.
Manches ist schief gelaufen,
lass' mich kurz verschnaufen.
Was geschehen ist,
tut mir so Leid.
Doch ich liebe dich,
hoffentlich sind wir bald zu zweit.
Veronika, Veronika, du bist da!
Ich lass' dich nie mehr geh'n,
du wirst seh'n,
und es versteh'n.
Meine Gefühle für dich sind bombastisch,
du bist einfach so phantastisch.
Dein Haar so blond wie gold,
deine Augen strählen so schöööööööööööööööön,
auch wenn es sich nicht reimt.
Veronika, ich liebe dich!«

Die Musik verstummte.
Veronika sagte: »Komm rauf!«
Daraufhin warf David das Mikrofon ins Gras und
rannte unter klatschendem Beifall zur Haustür.
Nadine betätigte den Türöffner und als David das

Summen hörte, öffnete er die Tür, betrat eilig das Haus und schloss die Tür hinter sich. Er rannte sieben Stockwerke die Treppe hinauf. Als er schwer atmend oben ankam, sah er Nadine, die für ihn die Tür aufhielt. »Hallo, wo ist Veronika?«, fragte er schnaubend. »Da kommt sie schon«, sagte Nadine und zeigte mit dem Finger auf Veronika, die sich, voller Vorfreude und über das ganze Gesicht strahlend, der Tür näherte. Mit einer leidenschaftlichen Umarmung überfiel sie ihn regelrecht. Er musste ein paar Schritte zurückgehen, um nicht umzukippen. Nun standen sie wild knutschend im Treppenhaus. »Ich werde jetzt gehen. Ruf mich morgen an!«, rief Nadine zu Veronika. Doch Beide nahmen sie nicht mehr wahr. Selbst als sie die Treppe runter lief, nahmen David und Veronika keine Notiz davon, da ihre Zungen noch immer damit beschäftigt waren, jeweils im Mund des anderen regelrecht herumzutanzen.

Eng umschlungen taumelten sie ins Wohnzimmer. Dann riss sich Veronika los, machte ihm mit einer Handbewegung klar, dass er ihr folgen soll und beide rannten heftig lachend ins Schlafzimmer. Verliebte Idioten, kurz vor der Bumsarie – man kennt das.

David staunte nicht schlecht. So ein Schlafzimmer hatte er noch nie gesehen. Eine hellorangene Brücke, so breit wie ein Gehweg, führte in die Mitte des Raumes, welche in einer kreisrunden Fläche dargestellt wurde. Von oben betrachtet sah das Ganze wie der regungslose Pendel einer Standuhr oder wie ein Ausrufezeichen aus.

Auf der runden Fläche stand ein Metallbett, welches ein schwarzes Kopfteil aus Metall und ein kleineres Fußteil sein eigen nennen konnte. Über dem Bett war ein gigantischer Spiegel.
Er wurde gebraucht für … Na, was wohl?

Die Brücke mit dem runden Ende wurde von Wasser umringt, dessen Oberfläche sich einen halben Meter darunter befand. Ja, es war ein Schwimmbecken. Es war blau gefliest, typische Schwimmbeckenfarbe. Dunklere Fliesen waren nur zu Markierungszwecken auf dem Beckenboden da. Jede zweite Stufe der Treppen, die jeweils rechts und links neben der Brücke von der runden Fläche aus ins Wasser führten, war dunkel gefliest. Auch jeweils kurz vor den Wänden markierten 4-reihig angeordnete, dunkle Fliesen das Ende des Beckens. Das Wasser sah klar und sauber aus. Die Wände waren blau, die mit vielen kleinen eingebauten Spots versehene Decke weiß. Das Licht spiegelte sich im Wasser in Form hell leuchtender Punkte.

Veronika schloss die Tür, lief mit David, Hand in Hand, die Brücke entlang, über die runde Fläche zum Bett und schubste ihn auf die cremefarbene

Bettdecke.

In Windeseile öffnete sie seine Jeans und zog sie ihm mit einem kräftigen Ruck aus. Auch die schwarzen Boxershorts waren ratz-fatz ausgezogen.

Mit gespreizten Beinen setzte sie sich auf David. Dann hob sie ihr Kleid hoch, er grinste als ihm auffiel, dass sie kein Höschen trug. Verführerisch langsam zog sie mit gekreuzten Armen ihr türkises Kleid über den Kopf, dabei sprangen ihre lockigen blonden Haare wild umher. Dann legte sie das Kleid links neben sich aufs Bett. Die ganze Zeit über sah David zu ihr auf. Er war so wollüstig, dass er kurz davor stand, zu platzen oder zumindest innerlich zu brennen. Als er sie so gierig ansah, bemerkte er nicht einmal, wie sich das Wasser an der Decke spiegelte und somit doch recht interessante, tanzende Muster erzeugte. Dann öffnete sie ihren schwarzen Bügel-BH und legte ihn ebenfalls neben sich aufs Bett.

Sie war bereits so erregt, dass ihre Nippel standen wie eine eins, auch der Warzenhof war bereits angeschwollen.

David konnte nur noch staunen, einen so perfekten Frauenkörper hatte er noch nie gesehen. Er studierte ihren Körper sehr genau, seine Erregung wuchs und wuchs.

Er schätzte ihre Körbchengröße auf 75C. Die Brüste hatten einen kleinen Warzenhof. An ihrem Bauch zeichneten sich die Rippen nur schwach ab, also war sie nicht zu mager. Keine Piercings oder Tatoos waren zu finden, stattdessen einfach nur endlose Schönheit.

Als sie sich zu ihm vorbeugte, um ihn zu küssen und er sich aufbäumte um ihr mit seinem muskulösen Oberkörper entgegenzukommen, konnte er die Lendengrübchen entdecken, während sie seinen Hals küsste. Ein leises Stöhnen von ihm legte Zeugnis über seinen Zustand ab.

Veronika schnipste mit den Fingern, dann kramte sie ein Kondom aus der Bettritze hervor, packte es aus. Sic warf die Verpackung mit einer arroganten Handbewegung auf den Boden. Das Kondom stülpte sie über seinen Penis, setzte sich auf ihn und begann ihn zu reiten.

Zunächst waren ihre Bewegungen recht langsam, gewannen aber mit der Zeit immer mehr an Geschwindigkeit, bis man meinen könnte, sie säße auf einem Presslufthammer. Mit der einen Hand streichelte sie seinen Körper, mit der anderen massierte sie ihre Klitoris. Er war damit beschäftigt, sich an ihren Pobacken festzukrallen. Beide atmeten so schwer, als hätten sie einen Marathon hinter sich. Die Raumakustik blies das Gestöhne zu einem so gigantischen Echo auf, dass man meinen könnte, sie würden es in einer Kirche treiben.

Hatten Sie schon mal Sex in einem Gotteshaus?

Ihre Brüste führten kreisende Begegnungen durch,

ihr Haar wippte auf und ab. Sie ritt sich förmlich in Ekstase. Mit einem sensationellen Aufschrei kam sie zum Orgasmus. Es erregte ihn so sehr, dass er kurz darauf ebenfalls kam.

Dann stand sie auf, legte sich auf den Bauch und sagte mit einem aggressiven Gesichtsausdruck: »Knall mich von hinten bis mir hören und sehen vergeht!«
Das musste sie ihm nicht zwei Mal sagen.
Altes Kondom weg, neues her, passt!
Die Schubladen der beiden Nachttischchen neben dem Bett waren bis obenhin mit Kondome vollgestopft. Ja, das konnte sich noch lange hinziehen.

Schnell fand er den Weg zur Hündchenstellung.
So weit sie konnte, streckte sie ihre Arme nach vorne, krallte sich an der Bettdecke fest und genoss seine Stöße und den Klang, wenn seine Hoden auf ihren Intimbereich klatschten.

Beide wollten in diesem Augenblick die Zeit anhalten, außer sich selbst nahmen sie nichts mehr war.
Jetzt kam sie noch heftiger als vorher, konnte sich nicht verkneifen, ihre ganze aufgestaute Lust rauszuschreien, als würde sie ermordet werden. Kein Wunder, dass die Franzosen den Orgasmus "kleiner Tod" nennen. Während sie schrie, kam auch er.

Echo, Echo, Echo.
Was für ein Klangbild, herrlich.

Wieder war Stellungswechsel angesagt.
Nach jedem Höhepunkt wurde ihre Lust aufeinander noch größer. Als würden sie jeden Moment ersticken, atmeten sie um die Wette.
Sie konnten sich nicht mehr zielgerichtet gegenseitig berühren, da ihre Körper geradezu bebten vor unendlicher Wollust.
Er setzte sich an den Bettrand, sie setzte sich auf ihn.
Eng umschlungen saßen sie da.
Wimmernd, keuchend, stöhnend.
Je schneller und stärker seine Stöße wurden, desto heftiger zerkratzte sie seinen Rücken mit ihren langen Fingernägeln, das wiederum veranlasste ihn dazu, noch schneller und stärker zu stoßen.
Als ihr klar wurde, dass sie sich dem Höhepunkt näherte, ließ sie ihn los und lehnte sich zurück bis sie fast eine
liegende Position eingenommen hatte. David hielt sie fest, weil sie sonst auf den Boden fallen würde, schließlich saßen sie an der Bettkante.

Dann kam der Orgasmus. Veronikas Schrei hallte durch das ganze Haus und dauerte noch länger als der vorige.
So ging es weiter und weiter. Sie vögelten wortwörtlich die ganze Nacht hindurch, ohne Pause versteht sich.

Im ganzen Raum bildete sich ein Meer aus gebrauchten Kondomen und deren Verpackungen. Selbst im Wasser des Schwimmbeckens lagen diese „Überreste der Liebe".

Einerseits taten sie dies, weil es ihnen vor lauter Geilheit egal war, wo sie den Müll hinwarfen, andererseits hatten sie keine andere Wahl, sie brauchten ja noch Platz zum Pimpern, da kann man nicht einfach alles aufs Bett schmeißen.

Erst am Morgen gegen halb neun ließen sie sich erschöpft ins Bett fallen und schliefen sofort ein.

Kapitel 3: Im Sog des Wahnsinns

Als David aufwachte, war es schon kurz nach vier Uhr nachmittags. Noch immer leicht benommen, wankte er suchend in der Wohnung umher, da er etwas roch. Etwas Angenehmes wie Essen oder so. Schließlich fand er die Küche. Dort stand Veronika mit dem Rücken zu ihm, sie beugte sich über den Herd, um etwas zu kosten, David konnte nicht genau erkennen, um welches Essen es sich handelte. Dann legte sie den Kochlöffel auf die Arbeitsfläche und warf David einen Blick zu. Sie hatte die Ärmel des weißen Sweatshirts hochgekrempelt und eine rote Schürze um. »Na, Schlafmütze, endlich wieder wach?« David nickte als Antwort.

Sie setzte das schönste aller Lächeln auf: »Ich habe uns Pasta gemacht.«
Sie legte die Schürze weg und servierte das Essen. Gemütlich aßen sie und redeten über die letzte Nacht und darüber, dass man das ruhig mal wiederholen sollte.
Nachdem sie aufgegessen hatten, nahmen beide noch einen Schluck Mineralwasser zu sich.

Da begann Veronika wie ein unschuldiges Kind zu David rüber zu schauen »Duuuhuuuuuu?«, David bekam ein ungutes Gefühl. »Schaaahaaatz, gehst du mit mir zum Shopping?«, fragte Veronika.
»Was brauchst du denn?«

»Ich würde mich gerne nach neuen Schuhen umsehen, kommst du mit?«

»Ach, das ist doch Weiberkram, geh doch mit deiner Freundin! Wie heißt sie, Nadine? Ja, genau. Geh mit ihr!«

Plötzlich schossen Veronika die Tränen in die Augen: »Na, toll! Was bin ich eigentlich? Nur eine Bettgeschichte? Eine dumme Kuh, die nur für dich kocht? Nein, mein lieber, jetzt reicht's!«

Sie kniff die Augen zusammen und lief wortlos mit großen, steifen Schritten ins Schlafzimmer und knallte mit voller Wucht die Tür zu. Der Nachhall ließ es wie ein Schuss klingen. In Davids Gesicht war die Schamesröte deutlich zu erkennen. Er starrte, von Schuldgefühlen gepeinigt, auf den Tisch. Derweil lächelte Veronika siegessicher in sich hinein, näherte sich mit tanzenden Schritten ihrem Kleiderschrank und suchte sich das passende Kleid fürs Shopping aus.

David saß immer noch mit schlechtem Gewissen am Esstisch, als Veronika aus dem Schlafzimmer kam. Sie tat so, als sei sie noch wütend auf ihn und ging an ihm vorbei. Sie gefiel ihm in ihrem crèmefarbenen Kleid und eilte hinterher: »Veronika, warte! Es tut mir Leid, es war wirklich grob von mir, dich so zu behandeln! Kannst du mir das Verzeihen?«

Sie tat so, als müsse sie nachdenken. »Na, gut!«, sie hob ihren rechten Zeigefinger, »Aber nur unter einer Bedingung! Du kaufst mir was ich will ohne zu meckern und, selbstverständlich, trägst du meine Einkaufstüten!«

»Alles klar, lass uns gehen!«, entgegnete David.

In den teuersten Läden und Boutiquen kaufte Veronika alles, was ihr gefiel und das war nicht gerade wenig.

David stellte gerade nach zweistündigem Einkauf sechs bunte Einkaufstüten in den Kofferraum, der inzwischen fast vollgestopft war, als ihm eine Frage auf der Zunge lag.

Er traute sich zunächst nicht, aber da es ihm keine Ruhe ließ, fragte er dann doch: »Tut mir Leid, aber ich muss dich was fragen. Ich will ja nicht drängen, aber wie lange dauert diese Shopping-Tour noch?«

»Bis zum Ladenschluss.«, grinste sie frech und strahlte die Überlegenheit einer Amazone aus.

David war erleichtert: »Also noch zwei Stunden und vierzig Minuten bis zwanzig Uhr, das schaff' ich schon.«

Ein richtig breites Grinsen machte sich in ihrem Gesicht breit: »Nein, Dummerchen, die Läden schließen erst um zweiundzwanzig Uhr. Somit haben wir noch fast fünf Stunden Zeit.«

»Was willst du denn noch einkaufen?«

»Schmuck!«, sagte sie selbstbewusst. Er atmete erleichtert auf: »Also gehen wir nur noch in einen Laden. Gott sei Dank!«

»Glaubst du wirklich, ich habe es nötig mir den ganzen Schmuck aus nur einem einzigen Laden zu kaufen?«

»Wie meinst du das?«

Wieder begann sie zu grinsen: »Erstens, gehe ich nur zu den besten Juwelieren der Stadt, zweitens, kaufe ich nur ein Schmuckstück pro Laden.«

So dauerte dann der Einkaufsbummel bis kurz nach zweiundzwanzig Uhr. David war erschöpft. Im Prinzip konnte er nicht mal mehr an Sex denken, er wollte nur noch nach Hause, sich auf die Couch setzen, ein kühles Bier trinken und fernsehen. Aber zuerst musste er sie heimfahren und beim Ausladen helfen. Nun, was heißt hier helfen? Er musste alles allein ausladen und in die Wohnung im vierten Stock bringen, da Veronika meinte, dass die Einkauftüten für sie viel zu schwer seien.

Ja, ja, wer's glaubt …

Er schleppte das Zeug nach oben, schwitzend, keuchend, wie ein Maulesel auf einer Safari in Afrika oder wie ein Kamel in der Wüste. In seinen Armen tat jeder Muskel weh. Die Schweißperlen auf seiner Stirn gaben ein trauriges Zeugnis ab.

Nachdem er die letzte Tüte mit Mühe und Not bei ihr im Korridor abgestellt hatte, gab ihm Veronika zu verstehen, dass sie die Absicht hatte, noch kurz mit ihm nach Draußen zu gehen.

Es war inzwischen Nacht geworden.

Der Mond hatte die Form einer Sichel. Wie ein Grinsen, frech bis lüstern, strahlte der Mond zur

Erde, oder besser gesagt, zu Veronika.

Ihr Name bedeutete Siegbringerin. Das stimmte auch.

Sie brachte sich selbst den Sieg. Den Sieg über Davids Herz und über seinen Verstand.

Von Anfang an war er ihr verfallen gewesen. Geblendet von ihrem Aussehen, ihren Intrigen.

Er merkte es nicht. Er war längst zu Veronikas Spielball geworden. Wahrscheinlich hätte ein Typ wie David selbst unter den Pantoffelhelden als Pantoffelheld gegolten. Wie dem auch sei, Veronika hatte jedenfalls ihren Spaß mit ihm.

Vor ihrer Haustür standen sie nun, eng umschlungen. Ihre Zungen berührten sich. Dann hielt sie einen Moment inne, blickte tief in seine Augen, atmete langsam und schwer.

Dann saugte sie genüsslich mit dem Mund an seiner Oberlippe.

Schließlich fuhr sie mit ihrer Zunge wieder in seine Mundhöhle zurück und erforschte seine Zähne.

Veronikas Zunge massierte seine ganze Mundhöhle. Ihre Arme hatte sie während der ganzen Küsserei auf seinen Schultern abgelegt und ihre langen, weißen Fingernägel krallten sich an seinen Nackenhaaren fest.

Irgendwann lösten sie sich wieder und nahmen Abschied.

David ging erschöpft zu seinem Auto, Veronika in ihre Wohnung. Dort erblickte sie im Flur einen riesigen Berg aus Einkaufstüten. Sie lehnte sich mit dem Rücken an ihrer Wohnungstür an, biss sich auf die Unterlippe und ihr Grinsen deutete darauf hin, dass sie wieder etwas aushecken würde.

Im Großen und Ganzen ging es die nächsten paar Monate in diesem Stil weiter …

Nachdem sie bereits seit einem Jahr zusammen waren, zog Veronika bei David ein. Selbstbewusst und Besitz ergreifend wie sie war, bestimmte sie natürlich die gesamte Inneneinrichtung des Hauses, welches Auto gekauft wurde, welche Kleidung er tragen durfte und vieles, vieles mehr. Sogar um den Haushalt sollte er sich kümmern, da Veronika inzwischen Hombold GmbH übernommen hatte, die frühere Firma von David Hombolds Vater.
Er hatte die Firma fast in den Ruin getrieben, doch als er Veronika als seine Sekretärin einstellte und sie sich genauer mit der Firma befasste, stiegen die Gewinne innerhalb weniger Wochen so drastisch an, dass sogar die höchsten Einnahmen seit dem bestehen der Firma erzielt wurden.
Auch was den Sex anging, war es für David kein Zuckerschlecken.
Immer wieder verweigerte sie ihm den Sex und versuchte durch Anspielungen und Neckereien ihn dazu zu bringen, sich mehr Mühe zu geben. So wurde das Bett im hallenbadähnlichem Schlafzimmer mit Rosenblätter verziert, das

Kaminfeuer angezündet, CD aufgelegt, etwas Gutes gekocht und ganz allgemein Veronika von vorne bis hinten bedient und verwöhnt. Selbst eine Prinzessin wäre da vor Neid erblasst. Der Sex war für ihn der reinste Sport. Oft wollte sie es pausenlos, stundenlang. Bei jedem Orgasmus, der auch ruhig von multipler Natur sein konnte, schrie Veronika ihre Lust mit aller Kraft raus. Das geschah mindestens einmal am Tag, da sie David nie eine Pause gönnte, wenn ihr Orgasmus nicht multipel war. Veronikas Lustschreie bekamen auch die Nachbarn, Oliver und Sandra Zimmermann, mit, die hauptsächlich dann schlafen konnten, wenn Veronika außer Haus war.

Oliver Zimmermann, 45, Diplom-Ingenieur, hatte braunes Haar mit grauen Strähnen und tiefe Falten um die Augen. Er war ein ruhiger Mensch, der froh war, wenn man ihm mal Ruhe gönnte. In der Vergangenheit hatte er Veronika wegen ihrem extrem lauten Stöhnen und Kreischen beim Sex angeklagt. Ruhestörung heißt das in der juristischen Fachsprache. Veronika wurde freigesprochen, da sie den Richter und die Staatsanwaltschaft stets erfolgreich verführen konnte. „Die höchste Kunst des Flirtens", so könnte der Titel eines von Veronika verfassten Buches lauten. Handelte es sich bei den Richtern und Anwälten um weibliche Personen, so konnte sie sie jedes Mal mit einem außerordentlichen Verhandlungsgeschick umgarnen. Es war einfach nichts zu machen. Inzwischen hat

Oliver es aufgegeben, Veronika zu verklagen …

Sandra Zimmermann, 43, Redakteurin bei einem
Magazin für Tierfreunde. Sie hatte schulterlanges
braun gefärbtes Haar, braune Augen und ein
fliehendes Kinn. Sie war eine hoffnungslose
Romantikerin, während ihr Mann, Oliver, eher der
Typ fürs Logische war.

Eines Tages bekam David einen Anruf von seinen
Nachbarn. Sie wollten ihn und seine Freundin
einladen, in ihrem Wohnwagen übers Wochenende
auf einem Campingplatz zu übernachten. David gab
zu verstehen, dass er das erst einmal mit Veronika
besprechen wollte.

Am Abend kam sie dann, wie immer in einem
Businesskostüm, nach Hause.
Er erzählte ihr sofort von der Einladung der
Nachbarn, die sie auch gleich annahm. David rief
die Nachbarn an und sagte ihnen bescheid.
Samstagmorgen konnte es dann losgehen. Draußen
warteten die Nachbarn bereits im Wohnwagen, bis
Veronika und David endlich an der geöffneten
Haustür standen. David hatte ihr die Tür, ganz
Gentleman, aufgemacht und sie zuerst rausgehen
lassen. David hatte ein dunkelgrünes T-Shirt an. Die
kurze Hose, die er trug war in dem gleichen Grün
gehalten. Dazu trug er braune Sandalen, ohne
Socken, versteht sich.

Schließlich wohnte er schon lange mit einer Frau zusammen, und Frauen können die Kombination, Sandalen plus Socken, nicht leiden.

Und Veronika? Ja, die sexy Veronika trug natürlich eine extrem sexuelle Spannung erzeugende Kleidung, das türkise Sommerkleid mit den hauchdünnen Spaghetti- trägern, welches ihr Lieblingskleid war. Auch schon beim ersten Date mit David hatte sie dieses Kleid getragen, welches ihre weibliche Rundungen bestens zur Schau stellte. Wie meistens trug sie auch dieses Mal kein Höschen drunter. Hellgraue, fast weiße, Sandaletten zierten ihre Füße. Die Strassketten ließen die Riemchen aus Veloursleder funkeln. Komfortable sieben Zentimeter hoch war der Absatz. Das Obermaterial, das Futter und die Sohlen waren aus echtem Leder. Ihr lockiges Haar hat Veronika zu einem Knoten gebunden und einige Strähnen an Schläfen und Stirn herausgezogen. Diese Strähnen wippten bei jedem von Veronikas Schritte auf dem Weg zum Wohnwagen, tippten ihr sanft auf die Stirn. Was für ein Anblick!
Beim Einsteigen nahm Oliver ihre Hand, um ihr zu helfen: »Danke, wie aufmerksam.«, sagte Veronika. Danach stieg David ein. Oliver schloss die Tür, jeder setzte sich, die Fahrt konnte beginnen. Kurze Zeit später erreichten sie den Campingplatz. Oliver parkte den Wohnwagen an einer dafür vorgesehenen Stelle. Danach hockten sie alle zusammen im

hinteren Teil des weißen Wohnwagens, der ziemlich groß war und einiges an Komfort bieten konnte. Es wurde über dies und jenes gesprochen, belangloses Zeug.

Irgendwann stand Veronika auf, nahm Davids Hand und sagte: »Komm' mal mit!«

Dann gingen sie zur Toilette und schlossen sich ein. Oliver und Sandra befürchteten, dass es gleich wieder laut werden würde, da die beiden sich höchst wahrscheinlich nur eingeschlossen haben, um zu vögeln.

Sie sollten Recht behalten.

Beide waren inzwischen nackt. David saß auf dem zugeklappten Klo, sie stützte sich an der Toilettentür ab und saß rittlings auf ihm. Sie stöhnte, als würde sie etwas Schweres mit sich rumschleppen.

Es machte David fast wahnsinnig ihren wohlgeformten Arsch zu sehen und wie sein Schwanz in ihrer Grotte verschwand.

Dann lehnte sie sich zurück, bis sie fast auf ihm lag, damit er ihre Brüste liebkosen konnte, sie hielt sich derweil an der Decke fest.

Im Rhythmus ihrer Bewegungen, bewegte sich auch der Wohnwagen. Immer, wenn Veronikas Pobacken auf Davids Unterleib klatschten, gab es auch im Wohnwagen selbst einen Ruck. Alles vibrierte im Takt, der wiederum wurde immer schneller.

Oliver und Sandra mussten sich irgendwo festhalten,

um nicht umzukippen. Das Geschirr in den Regalen hüpfte bei jedem Stoß und drohte mehr und mehr auf den Boden zu fallen.

Veronika beugte sich wieder nach vorne, stützte sich wieder an der Tür ab. Der Takt wurde noch schneller. Presslufthammer. Maschinengewehr.
Dann erreichte sie den multiplen Orgasmus.
Ihre Brüste und ihre Haare zuckten so stark hin und her, als stünden sie unter Starkstrom.
Veronika schrie wie am Spieß. Sie konnte gar nicht mehr aufhören zu schreien, so sehr hat sie diese Situation erregt. Zu wissen, dass die Nachbarn jenseits der Toilettentür saßen und alles mitanhörten, war für sie einfach nur geil.
Allerdings waren die Nachbarn keine Auditeure, wodurch sich der Spaß für sie sehr, sehr stark in Grenzen hielt.

Das Geschirr fiel runter, die Scherben verteilten sich überall. Oliver und Sandra konnten es nicht aufhalten.
Einerseits hatten sie selbst Mühe stehenzubleiben, andererseits konnten sie nicht das gesamte Geschirr vor dem Runterfallen retten, dazu hätten sie mindestens fünf Personen gebraucht. Es gab einfach zu viel Geschirr, das sie hätten beschützen müssen.
Veronikas Lustschreie kamen langsam zum Ende.

Nach dem Sex stand Veronika auf, schnipste mit den

Fingern und war wie von Zauberhand plötzlich wieder angezogen. Sie schloss die Tür auf und verließ die Toilette. David bekam davon nichts mit, da er total ausgepowert war und erst einmal nach Luft schnappen musste.

Oliver und Sandra hielten sich immer noch irgendwo fest und sahen Veronika mit großen Augen und weit geöffnetem Mund an, als wäre sie das Wunder überhaupt.

Veronika strahlte, als habe sie bei der Miss Universe den ersten Platz belegt und winkte den beiden zu, als seien sie Fans von ihr. »Wiederseh'n!«, sagte sie triumphierend und stolzierte, ohne Probleme mit ihren High Heels, auf dem mit Scherben übersäten Boden, zur Ausgangstür. Draußen lief sie um den Wohnwagen, bis sie Oliver und Sandra nicht mehr sehen konnte, schnipste mit den Fingern, verschwand daraufhin und erschien, wie gebeamt, im Wohnzimmer von Davids Villa.

Dieser zog sich hektisch in der Toilettenkabine um, sprang auf, bahnte sich vorsichtig einen Weg durch die Scherben und bat Oliver und Sandra um Verzeihung. Er teilte ihnen mit, er würde für den Schaden aufkommen und dass ihm alles so peinlich sei. Die Nachbarn schlugen ihm vor, ihn nach Hause zu fahren. David lehnte jedoch dankend ab, mit der Begründung, er wolle nach ihr suchen und würde sich dann mit ihr per Taxi nach Hause fahren lassen. Er sprang aus dem Wohnwagen, sah sich nach allen

Seiten um und war verzweifelt, zugleich aber auch
fest entschlossen seine Freundin zu finden.
So lief er in die Richtung, von wo sie herkamen.
Er war sich sicher, dass sich Veronika auf dem
Rückweg befand und stellte sich immer wieder die
Frage, warum sie so plötzlich abgehauen ist.

Veronika war bei Nadine zu Hause. Sie nippte an
einem Glas Sekt, stellte es auf den Glastisch, in
dessen Mitte ein gigantischer Blumenstrauß in einer
Mingvase steckte und machte es sich auf dem
weißen Ledersofa bequem.
Sie erzählte ihrer Freundin vom Techtelmechtel im
Wohnwagen der Nachbarn.
»Warum machst du das mit ihm? Er scheint doch
ganz nett zu sein. Was sollen denn immer deine
Spielchen?«, wollte Nadine wissen. »Du weißt doch,
dass es mir gefällt, wenn ein Kerl sich so sehr für
mich ins Zeug legt. Ehrlich gesagt, macht mich der
Gedanke, dass er da draußen auf der Suche nach mir
ist, ganz feucht. Hi, hi.«.
»Du bist doch narzisstisch. So was finde ich nicht
mehr lustig, alles hat doch eine Grenze und die hast
du deutlich überschritten. Der arme Kerl! Zum
Glück regnet es nicht. Wenigstens bleibt ihm das
erspart.«, sagte Nadine. Als Veronika das hörte,
machte sich ein freches Grinsen auf ihrem Gesicht
breit, während sie sich genussvoll auf die Unterlippe
biss. Dann schnipste sie mit der rechten Hand und
zeitgleich begann es heftigst zu regnen.

Veronika lachte: »Ha, ha, ha, wenn man vom Teufel spricht.«

Nadine war sauer: »Was findest du daran so witzig, dem könnte sonst was passiert sein.«

Veronika versuchte sie zu beruhigen: »Keine Sorge, er kommt schon klar!«

An der Tür klingelte es.

»Das wird er sein. Kannst du uns bitte für eine Weile alleinlassen?«

»Klar, kein Problem. Ich werde einen Spaziergang machen.«

»Tu das!«, sagte Veronika und schnipste. Daraufhin löste sie sich in Luft auf, um plötzlich wieder vor der Haustür zu erscheinen. Nadine erschrak: »Wie bist du denn so schnell hierher gekommen?«

»Bin halt schnell.«, lobpreiste Veronika sich selbst. Als sie die Tür öffnete, stand David draußen in vollkommen durchnässtem Zustand. »Warum bist du einfach weggelaufen?«, fragte David in einem vorwurfsvollen Ton, trat ein und ließ die Haustür hinter sich ins Schloss fallen. »Bin dann mal weg.«, sagte Nadine ängstlich, öffnete in eiligem Tempo die Tür, ging raus und schloss sie wieder. Im Hintergrund hörte man Nadines schnelle Schritte, das Tapsen einer Frau, die möglichst schnell weg wollte, immer leiser werden, da sie sich mehr und mehr vom Haus entfernte.

»Ich habe mich geschämt, weil es mir peinlich war von den Nachbarn beim Sex erwischt zu werden.«, log Veronika ohne eine verräterische Miene von sich zu geben. »Ist jetzt auch egal.«

David war zu erschöpft, um darüber zu reden und winkte einfach ab. » Schaaahaaatz, hast du etwas dagegen, wenn ich mich heute Abend mit meinen Freundinnen treffe, wir wollten Rubberbridge spielen?«, fragte Veronika. »Was ist das?«, wollte David wissen.

»Ein Kartenspiel. Ist es in Ordnung, wenn ich gehe? Kommst du auch ganz sicher ohne mich klar?«, sagte Veronika in einer unschuldig wirkenden, kindlichen Stimmlage.

David überlegte: »Klar kannst du gehen. Wenn du einen Frauenabend hast, kann ich doch Michael anrufen, dann machen wir einen Männerabend, okay, Schatz?«

»Natürlich, aber erst, wenn du hier alles tipptopp saubergemacht hast.«, antwortete Veronika.

»Überhaupt kein Problem.«, sagte David und rief Michael an, um sich zu einem Pokerabend zu verabreden.

Als Veronika dies mitbekam, wurde sie nachdenklich: »Hmm, wenn er bei seinen Freunden rumhängt, stellen sie wieder etwas Dummes an. Was für eine Verschwendung! Wäre es da nicht besser für ihn zu Hause zu bleiben und etwas Sinnvolles zu tun, wie, zum Beispiel, den ganzen Abend nur an mich zu denken?«

David bekam ihr leises vor sich hin flüstern mit und fragte: »Hast du etwas gesagt, Schatz?«

»Nein, Liebling. Ich habe nur überlegt, was ich

heute Abend anziehen soll.«, erwiderte sie. Als David im Bad verschwand, schnipste Veronika mit den Fingern und schon flogen Gegenstände aus der Küche durch die Luft.

Alles, was irgendwie eine Sauerei verursachen konnte, schwebte nun über dem Glastisch im Wohnzimmer. Das Sektglas schüttete sich selbst aus, die Sahne schoss aus der Sprühdose und Ketchup tropfte von der sich selbst ausdrückenden Tube auf den Tisch. Alle Gegenstände schwebten in die Küche zurück und ließen sich auf dem für sie vorgesehenen Platz im Schrank nieder. Zurück blieb ein „Gemälde" aus Lebensmitteln auf dem Glastisch im Wohnzimmer. Veronika war zufrieden, verließ mit einem Siegerlächeln das Haus, wissend, dass David einige Zeit brauchen würde, um das Geschmier zu beseitigen.

Stunden später ...
Die Frauen hatten einen gemütlichen Abend, spielten
Karten, redeten über alles Mögliche, lachten und lästerten über ihre Männer.

Währenddessen hockte David immer noch zu Hause, hatte die Ärmel hoch gekrempelt und schrubbte den stark verschmutzten Glastisch von den fettigen Überresten frei.

Eine Woche später flogen sie gemeinsam nach

Ägypten. Sie besichtigten die Pyramiden und die Sphinx. Dabei machte David viele Fotos von Veronika, wie sie mit ihrem schwarzen Kleid und dem offen getragenen, blonden und gelockten Haar vor den riesigen Bauten längst vergangener Zeiten stand. Oft lachte sie dabei, was ihre hervorstehenden Wangenknochen noch besser zur Geltung brachte. David benutzte für sein Fotoshooting eine digitale Spiegelreflexkamera, da sie imstande war, sehr scharfe Bilder von einer sehr scharfen Frau zu machen. Wenn er gerade keine Fotos schoss, ließ der die Kamera auf seiner Brust baumeln, schließlich war sie an ein Band gebunden, welches David um den Hals trug. Wie Veronika war auch er schwarz angezogen, jedoch trug er kein Kleid, das hätte albern ausgesehen, sondern T-Shirt und eine kurze Hose. Der Typ auf dem Reisebüro hatte ihnen schwarze Kleidung empfohlen. Sie würde zwar die Sonnenstrahlen anziehen, aber keine durchlassen. Somit schwitzt man in schwarzer Kleidung mehr, bleibt aber vom Sonnenbrand verschont. Natürlich müssen die freien Hautpartien mit Sonnenmilch oder Ähnlichem eingerieben werden. David und Veronika taten dies auch vorbildlich. Dass es dabei natürlich wieder zum Sex kam war ja auch klar. Wenn David eine so göttliche Frau wie Veronika mit Sonnenmilch einkremte war es beschlossene Sache, dass gleich wieder gepimpert werden musste. Sonnenmilch sieht nun einmal wie Sperma aus, und womit hat Sperma zu tun? Richtig.

So war auch gleich wieder Action angesagt.

Dieses Mal kam die Wiegestellung zum Einsatz. In dieser Variante der Reiterstellung saß Veronika auf Davids Schenkeln. Bei jeder Bewegung gaben ihre mit Sonnenmilch eingekremten, glitschigen Körper schmatzende Geräusche von sich. Eng umschlungen schaukelten sie sich hin und her und fanden einen immer schneller werdenden Rhythmus, der in einem Orgasmus mündete.

Bei einem Ausflug mit einem geleasten Geländewagen, der gut für die Wüste geeignet war, irrten sie umher, bis sie sich plötzlich mitten in der Sahara wiederfanden. Irgendwann machten sie dann Pause, wohl wissend, dass sie nur ihrer eigenen Spur folgen mussten, um wieder aus der Wüste rauszukommen. Um sich die Beine zu vertreten, stiegen sie aus. Gerade als sich der durstige David einen der vielen Kanister von der Ladefläche greifen wollte, die als Wasservorrat dienten, hob Veronika den Zeigefinger: »Ah, ah, Ladies first!«, öffnete den Kanister und überschüttete sich mit dem Wasser. »Tut das gut!«, hauchte sie, öffnete den nächsten Kanister und ließ das Wasser auf sich niederprasseln.

David stand gleichzeitig schockiert und erregt da und sah gespannt ihrem Treiben zu. Wieder und wieder überschüttete sie sich mit Wasser bis sie vollkommen durchnässt war.

Dann schubste sie ihn so heftig, dass er das

Gleichgewicht verlor und mit dem Rücken in den heißen Sand fiel. Sie zog sich ihr Höschen aus, setzte sich auf ihn und begann ihn zu reiten. Da sie von ihrer „Dusche" noch vollkommen nass war, schleuderte sie mit jedem Stoß ihres Beckens einige Wassertropfen durch die Luft. Sie ritt sich geradezu in Ekstase und schrie ihre ganze Wollust heraus. Veronika stützte sich mit den Händen an der Beifahrertür ab und genoss Davids Stöße. Er nahm sie von hinten. Mit den Händen umfasste er ihr wohlgeformtes Hinterteil, welches noch immer nass war vom Wasser aus den Kanistern. Seine Finger gruben sich in die samtig weiche Haut ihres prallen Arsches. Da das Auto mit jedem Stoß mitvibrierte, wurde Veronika noch geiler und schrie sich die Seele aus dem Leib. Ihr Gesicht färbte sich rot von der Hitze und von der ganzen aufgestauten Erregung. Sie flehte ihn an, noch schneller zu stoßen. Ihr Schreien wurde noch lauter, sie geriet in Ekstase. Außer ihrer Lust nahm sie nichts mehr wahr. Wie von Dämonen besessen zuckte ihr ganzer Körper vor Verzückung.

Im Hotel sollte es weitergehen. Unter der Dusche nahm er sie im Stehen, ebenfalls von hinten. Ihre Brüste waren fest auf die durchsichtige Tür der Duschkabine gepresst. Wieder schrie sie auf. So ging das stundenlang weiter, sie konnte einfach nicht genug kriegen.
Luder.

Am nächsten Tag wurden sie zum Flughafen gefahren.

Nächstes Reiseziel war Paris.

Natürlich schleppte David die Koffer in die oberste Etage des Hotels, dort wohnten sie für die nächsten Tage. Veronika hatte mal wieder ihre Zauberei eingesetzt, um dafür zu sorgen, dass sich die Aufzugtüren nicht schlossen. Auch die anderen Fahrstühle brachten keine Besserung der Lage mit sich. Veronika schnipste nun mal gerne mit den Fingern, wenn es darum ging, Davids Körperkraft in Form des Koffertragens zu bewundern. Sie liebte ihn dafür.

Im Hotelzimmer packten sie die Koffer aus und verräumten alles so, wie Veronika es wollte.

Danach redeten sie darüber, was sie im Urlaub alles tun wollten.

Veronika hatte geplant, den Eiffelturm erst am Samstag, am Vortag der Abreise, zu besichtigen, sozusagen als großer Abschluss. David willigte zaghaft ein. Veronika kam es seltsam vor, dass es ihm nicht behagte, so lange zu warten, entschloss sich aber nicht mehr darüber nachzudenken.

Im Louvre kamen sie an einer Skulptur namens „Amor und Psyche" von Antonio Canova vorbei. Zu sehen war ein Fels oder Ähnliches, darauf saß, schon halb in Amors Armen liegend, Psyche. Sie wurde als eine nackte Frau dargestellt, deren Schamregion von einer Art Seidentuch bedeckt war. Amor fasste

Psyche mit der linken Hand an der rechten Brust, sodass ihre linke Brust von Amors Arm bedeckt war.

Ja, auch schon damals, im achtzehnten Jahrhundert, gab es bereits Zensur. Psyche musste ihre Arme ausstreckten, um Amor zu umarmen, da er hinter ihr kniete. Seine Flügen waren leicht gespreizt, also hat er erst kurz vorher, also direkt nach der Landung, diese Haltung angenommen. Es schien auch so, dass sich die beiden gerade küssen wollten. War wohl so was wie Vorspiel. Gleich wird gevögelt. Schade, kriegt niemand mehr mit, da sich Skulpturen nicht bewegen.

Was halten Sie von Sex im Museum? Spannend, aber auch doof. Bestimmt wird man dabei gesehen oder gehört, peinlich, peinlich.

Außerdem fielen David und Veronika noch das Gemälde „Mona Lisa" von Leonardo da Vinci auf. Insbesondere deshalb, weil es vor lauter Fehler zu strotzen scheint, die möglicherweise sogar vom Künstler bewusst eingesetzt wurden. So ist, zum Beispiel, das Gewässer im Hintergrund links tiefer gelegen als rechts, dabei müsste der Wasserstand doch waagerecht und somit bei beiden gleich sein. Seltsam.

Der Mona Lisa fehlten die Augenbrauen. Mona Lisa bedeutet eigentlich „Meine Frau", so wurde die (wahrscheinlich) echte Mona Lisa von ihrem Mann genannt. Ihr echter Name lautete Lisa del Giocondo. Ein paar Stunden später verließen sie das Kunstmuseum.

Zu Fuß gelangten sie dann durch eine Unterführung zum Arc de Triomphe. Unter dem gigantischen Triumphbogen lag das Grabmal eines unbekannten Soldaten aus dem ersten Weltkrieg. Zum Gedenken an ihn, brennt dort seit 1921 eine ewige Flamme. Täglich wird über sie gewacht, damit sie niemals erlöschen kann.

David und Veronika besichtigten die Arena von Lutetia, das älteste Bauwerk der französischen Hauptstadt. Es wurde im ersten Jahrhundert gebaut. Danach bestaunten sie die berühmte Kathedrale Notre-Dame de Paris.

Samstag.
Am nächsten Tag würden sie abreisen.
Veronika wollte erst zum Abschluss mit David den Eiffelturm besichtigen, was sie dann auch gegen fünfzehn Uhr taten.
Veronika trug ihr blondes, lockiges Haar offen, das ihr bis zur Brust reichte. Sie sah wahnsinnig heiß aus in ihrem roten Kleid, welches fast bis zu den Füßen reichte. Sie hatte kein Stück Unterwäsche an, David wusste das oder ahnte es zumindest. Dazu noch die schwarzen High Heels. Granatenscharf! Was für ein Weib! Aphrodite in Paris. Herrlich!

David trug Blue Jeans und ein weißes T-Shirt, auf dessen Brust ein Bild einer rothaarigen Meerjungfrau zu sehen war, die gerade, mitten in einer Vollmondnacht, aus dem Meer sprang, darüber ein blauer Schriftzug: „Mermaid Movie".

Nach kurzer Fahrt mit dem ersten Aufzug, mussten sie in einen zweiten, orangefarbenen, Fahrstuhl umsteigen.
Dann war es endlich soweit, sie kamen in der dritten Etage an.

Nun befanden sie sich in einer Höhe von 276,13 Metern.
Veronika empfand die Situation auf dem Eiffelturm sehr seltsam: »Außer uns beiden habe ich noch keine Besucher gesehen. Findest du das nicht seltsam?«
David war sehr aufgeregt und antwortete: »Das ist es ja gerade was mich von Anfang an so nervös gemacht hat. Ich habe dich vor einigen Wochen mit deiner Freundin am Telefon über den Eiffelturm in Paris reden hören und dass es dein größter Wunsch ist, ganz oben auf dem Eiffelturm hemmungslosen, leidenschaftlichen Sex zu haben.«
Veronika spielte die Beleidigte, verschränkte die Arme und drehte David den Rücken zu: »Du spionierst mich also aus?«
Ihre Reaktion überraschte David völlig: »Nein, nein, nein! Ich … ich hab's einfach so mitbekommen, ich war gerade in der Nähe und

dachte, ich könnte dir diesen Wunsch erfüllen, weil ich dich doch so sehr liebe.«

Sie drehte sich um, dabei wirbelte der Wind ihre prachtvollen, blonden Locken durcheinander. Veronika sah ihn mit misstrauischem Blick an: »Und wenn das auch deine große Sexphantasie war und du mich nur dazu benutzen willst, sie umzusetzen. Was soll ich davon halten?«

David war verzweifelt und wollte inzwischen am liebsten losheulen: »So bin ich nicht. Ich habe doch extra Rücksicht auf dich genommen und den Eiffelturm für die gesamte Zeit, die wir hier sind, gebucht, weil ich nicht wusste, wann du bereit bist, auf den Eiffelturm zu gehen. Ich habe jeden, der etwas mit dem Eiffelturm zu tun hat, bestochen, damit sich dein größter Wunsch erfüllt. Bitte, lass uns jetzt endlich ficken!«

Veronika biss sich auf die Lippen und konnte sich ein Grinsen nicht verkneifen: »Na, du bist aber direkt. Okay, Süßer, pass auf! Wir werden jetzt miteinander pimpern und zwar in jeder Stellung, die ich will und so lange ich will, verstanden?«

David war so sehr erregt, dass er sie, und sich selbst, ganz hektisch auszog: »Ja, was auch immer, lass es uns tun!«

Er küsste, streichelte und leckte sie am ganzen Körper. Beide bekamen eine Gänsehaut., da der Wind für Kühle und Frische sorgte. Kalter Wind und heiße Küsse, eine sehr erregende Mischung, die beide gemeinsam in Ekstase versetzte. Sie zitterten, ja, bebten geradezu vor Erregung. Keiner wusste, wo er den anderen berühren sollte, da ihre Körper nach Küsse und Berührungen schrien. So vollkommen nackt, wie sie waren, müssten sie eigentlich frieren, da der Wind geradezu stürmisch auf sie einschlug, tausendfach. Doch es kümmerte sie nicht im Geringsten. Sie waren so heiß aufeinander, dass Gedanken an die Kälte gar nicht erst aufkamen. Endlich drang er langsam in seine Vagina ein.

Sie taten es im Stehen, eng umschlungen. Sie legte ihren linken Oberschenkel auf seiner Schulter ab, sodass ihr Fuß neben seinem Gesicht auf und abwippte. Sie keuchte, stöhnte und jammerte wie besessen.

Stellungswechsel.

Sie ritt ihn und führte seine Hände zu ihren Brüsten, damit sie sie liebkosen konnten. Als Veronika spürte, dass ihr Orgasmus in greifbarer Nähe war, bearbeitete sie ihre Klitoris mit der Hand. Sie stieß einen dermaßen lauten Lustschrei aus, dass man denken könnte, ihr würde jemand beide Arme abhacken.

Nach diesem heftigen Orgasmus stand sie auf, umklammerte mit ihren, vor Lust verschwitzten Hände, das Geländer der Aussichtsplattform und streckte David ihren knackigen, wohlgeformten Arsch entgegen. Etwas Schöneres konnte er sich nicht vorstellen.

Die Aufforderung deutete er richtig.

Sein Penis verschwand schmatzend in der feuchten Dunkelheit ihrer Vagina.

Veronika konnte die Häuser der Stadt bis zum Horizont sehen, ein herrlicher Anblick. Das Ganze wurde noch übertroffen, von dem herrlichen Gefühl, richtig hart von hinten gefickt zu werden.

Der starke Wind sorgte für Gänsehaut, da er die ganze Zeit über, ihre verschwitzten Körper abzukühlen versuchte, aber vergebens. Die erotische Stimmung war stärker. Es war ein Augenblick, von dem sich beide wünschten, dass er nie zu Ende gehen möge. »Ooooooh, jaaaaaaaaaaaaaa!«, stöhnte sie, genoss den Fick ihres Lebens bis ihr schwindelig wurde.

Sie nahm außer sich selbst und David nichts mehr war. Dann schrie sie, noch lauter als zuvor.

Mit jedem Stoß schrie sie wieder und wieder. Gute zwei Minuten lang kreischte sie ganz Paris unter sich zusammen, jedenfalls empfand sie das so.

Dann wurde es still. Das war der beste Orgasmus, den sie je hatte. Beide schnappten nach Luft, wie Fische an Land. Niemand bekam auch nur ein Wort heraus.

Veronika war immer noch über das Geländer gelehnt, als aus ihrer Stirn plötzlich eine Fontäne aus Blut herausschoss. Gleichzeitig schlug es ihr ruckartig den Kopf nach hinten und erwischte David so heftig, dass er zurücktaumelte. Veronikas Kopf schwang es, vom Zusammenstoss mit Davids

Schädel, nach vorne, während ihre Beine nachgaben. So schlug ihr nackter Körper auf dem Geländer der Aussichtsplattform auf. Nach dieser Schrecksekunde wollte David ihr zu Hilfe eilen, doch es war zu spät. Aufgrund des Schwungs und dem starken Rückenwind glitt ihr toter Körper über das Geländer, stürzte rasant in die Tiefe, blieb während des Fallens immer wieder kurz am Stahlgerüst des Eiffelturms hängen und knallte schließlich doch noch auf den harten Asphalt. Veronikas toter Körper war alles andere als ein schöner Anblick. Sie sah furchtbar aus, schlimmer als die vermeintlichen Leichen, die auf der Kinoleinwand oder im Fernsehen zu sehen waren.

Ein Anblick des Grauens tat sich auf. Die Schädeldecke wurde wie eine Kokosnuss aufgeknackt. Das blutverschmierte Gehirn ragte fast bis zur Hälfte aus dem Schädel. Von der Schusswunde in der Stirn war nichts mehr zu sehen, da Veronikas gesamter Kopf nur noch so was wie ein riesiger Fleischklumpen darstellte. Ihre einst so schöne, blonde Lockenpracht war zu einem rötlich-schleimigen Fadensaft geworden, man könnte meinen, es handelt sich dabei um eine blutige Bandwurmsuppe. Die Halswirbel waren mehrfach gebrochen, der Hals selbst lag mit einer unnatürlichen Biegung da.
Aus den Armen und Beinen ragten an mehreren Stellen Knochen heraus, einzelne weiße Teilstücke,

vermischt mit Blut. Ihr Körper war fast halbiert worden, nur die stark gekrümmte, Zick-Zack-Muster bildende, mehrfach gebrochene Wirbelsäule hielt den Oberkörper und den Unterleib zusammen. Eine so stark entstellte Leiche bekommt man kaum mal in den Nachrichten zu sehen.

»Guter Schuss!«, sagte Nadine zu Michael, die gemeinsam von einem großen Hotelzimmerfenster aus Veronika beobachtet hatten.
»Danke! Die Schlampe hat gekriegt, was sie verdient hat. Zum Glück hast du zufällig ihr Tagebuch gefunden, sonst hätten wir nie erfahren, dass sie eine Hexe ist, die über echte Zauberkräfte verfügt. Irgendwie kann ich es immer noch nicht glauben, aber es würde alles, was du mir über sie gesagt hast, erklären.«, sagte Michael nachdenklich.
Nadine bekam einen Schreck: »Und was ist, wenn sie David für den Mord verantwortlich machen? Die Leute werden doch bestimmt die Polizei rufen und er kann doch von da oben nicht weg.«
»Werden sie nicht. Sie werden keine Waffe finden können und seine Aussage für glaubwürdig halten. Aber genug davon! Wo wir schon mal hier sind, hast du Lust mit mir einen Kaffee zu trinken?«
Nadine nickte zustimmend. Michael versteckte die doppelläufige Flinte unter dem Bett. Zusammen verließen sie das Mercure Paris Suffren Tour Eiffel Hotel, welches einen hervorragenden Ausblick auf den Eiffelturm gewährte.

David konnte Veronikas Tod nicht ertragen, tat es seiner Liebsten gleich und sprang freiwillig in die Tiefe, um dann in der Nähe ihrer Blutpfütze zu landen.

Michael und Nadine bekamen davon aber nichts mit, da sie bereits im Treppenhaus des Hotels auf dem Weg nach unten waren.

Im Hotelzimmer, welches eine wunderbare Sicht auf den Eiffelturm erlaubte, erwachte David aus dem Schlaf. Auf der rechten Seite liegend, neigte er seinen Kopf Richtung Fußende des Bettes und betrachtete einen weißen Kleiderschrank aus Ahorn, der direkt gegenüber dem Fenster stand. Messingschlüssel steckten im Schloss. Darauf fiel der Schatten eines Baumes, welcher über den Boden gekrochen zu sein schien, nur um den Schrank zu erreichen. Kein Wunder, die Sonne ging gerade auf. Ihr Licht traf eine Traubeneiche, welche einen so langen Schatten warf. Passend zum Schrank war auch das Bett vollkommen weiß. David schob müde die Bettdecke zur Seite, erhob sich und schlüpfte mit den Füßen in seine Hausschuhe. Schlaftrunken stand er auf und schlurfte zum Fenster und begutachtete den Eiffelturm.
Als er plötzlich, wie von einer großen Depression befallen, mit einem Blick der Enttäuschung und der Trauer den Kopf sank, fiel sein Blick auf eine leere Patronenhülse, die da auf dem Boden lag. »Die

doppelläufige Flinte.«, flüsterte er zu sich selbst.
David verließ das Hotel, betrat das Champ de Mars,
zu deutsch „Marsfeld", eine Großgrünfläche, an
dessen Nord-West-Ende er den Eiffelturm erkennen
konnte. Er lief an den Grasflächen vorbei, auf deren
Mitte eine Reihe von Springbrunnen Wasser in
Form kleiner Fontänen verspritzten. Dieses
Schauspiel gab beruhigende Geräusche von sich, ein
sanftes Geplätscher.
Es war früher Nachmittag und die Umgebung schien
vor lauter Hitze fast zu brennen. Eine leichte Brise
erfrischte für einen Augenblick die aufgeheizte Luft.
Es war recht schwül, der Lärm des regen Verkehrs
auf der Avenue Gustave Eiffel machte es auch nicht
angenehmer. Unwohlsein machte sich breit.
Dennoch war David draußen in der Hitze, geradezu
magisch zog es ihn zum Eiffelturm. Ohne zu wissen,
was er hier eigentlich wollte, verharrte er eine
Weile. Ein flüchtiger Blick nach oben, zur Spitze
des Eiffelturms. Seine Größe war gewaltig. Er
schien nach oben gar kein Ende zu nehmen, die
Spitze stach förmlich in den blauen, wolkenlosen
Himmel hinein. Dann senkte David langsam den
Kopf, um nach vorne ins Leere zu sehen und dachte
nach. Dann trat er gemütlich, fast schleichend, den
Rückweg an. Vollkommen in seine Gedanken
versunken marschierte er roboterhaft zum Hotel
Mercure Paris Suffren Tour Eiffel zurück.
David betrat die Lobby.
Helle, milchig-weiße Wände, eichenfarbener

Holzboden, ein moderner, ringförmiger Rezeptionstisch, dahinter die Mitarbeiter in ihren schwarzen Anzügen. All das nahm David nicht richtig wahr und ging, wie ferngesteuert, zum Lift. Er drückte beide Ruf-Knöpfe auf dem Außentableau. Selbst nach längerem Warten kam der Aufzug nicht.

Mit tunnelartigem Blick starrte er auf die Fahrstuhltür. Nichts geschah. Als der Aufzug endlich kam und langsam seine Tür öffnete, empfand David dies wie das Warten auf den eigenen Tod. Wie ein Tor, welches den Eingang zur Hölle darstellte, sich langsam öffnend und auf eine neue Seele wartend die Leere und den Schmerz des Totenreichs preisgab, so dass er die Fahrstuhltür und die dahinterliegende Kabine als Übergang in eine andere Welt wahrnahm. Er trat ein und drückte auf den Etagenknopf. Die Fahrstuhltür schloss sich quälend langsam.

Der Aufzug setzte sich in Bewegung. Nach kurzer Fahrt kam er sich schon wie eine leere Hülle vor. Innerlich tot.

Doch was ist geschehen?
Stand er unter Schock?
Hatte er nur geträumt?
War er geisteskrank?

Immer mehr steuerte er auf die Phantasie zu und immer mehr entfernte er sich von seinem eigenen

Leben. Irgendwann begann er darüber nachzudenken, ob es ihn selbst wirklich gäbe, ob er nur ein Gedanke eines Anderen wäre oder vielleicht eine Persönlichkeit eines multiplen Menschen.

Die Fahrstuhltür ging auf. Leicht benommen und gedanklich abwesend schlenderte er zu seiner Zimmertür, wandte sich ihr zu und blieb davor stehen. Dann zog er seine schwarze, querformatige Brieftasche aus der rechten Hosentasche heraus und griff nach der Chip-Karte fürs Zimmer, sie steckte sorgsam verstaut in einem der ausklappbaren Kartenfächer neben Davids Ausweis, Führerschein, Kranken-, Kredit- und Visitenkarte. Danach ließ er sie durch das Lesegerät an der Tür gleiten. Das rote Licht auf dem Apparat erlosch, das grüne leuchtete auf. Mit der linken Hand umfasste er die Klinke und öffnete die Tür.
Er betrat das Zimmer, ließ die Tür hinter sich ins Schloss fallen, lief zum Bett, warf die Brieftasche und die Zimmerkarte freudlos auf die Bettdecke und setzte sich auf die Kante.
»Alles erscheint mir plötzlich so fremd. Was ist aus meiner Firma geworden? Ich rufe da mal an und frage, ob ich mit mir sprechen kann. Wenn die sagen, ich sei in Paris, dann ist alles in Ordnung. Kriege ich eine andere Antwort, ist die Kacke am dampfen.«, sagte David nachdenklich zu sich selbst. Dann nahm er das schwarze Telefon vom Nachttisch und setzte es auf seinen Schoß. Mit der linken Hand

nahm er den Hörer ab, mit der rechten wählte er eine Nummer. Nach dem wilden Suchton war kurz nichts zu hören. Dann ertönte der Freiton. Mehrmals. Schließlich nahm dann doch jemand ab. »Humbold GmbH, Stuttgart, Frau Seiler, was kann ich für Sie tun?«, fragte eine engelsgleiche Frauenstimme. »Kann ich bitte den Gesellschafter sprechen?«, wollte David wissen. »Das tut mir sehr leid, aber Herr Humbold ist gerade in einer Sitzung, kann er Sie zurückrufen?«, entgegnete die Frau in der Leitung. Erschrocken riss David den Mund auf: »Aber ich bin doch Herr Humbold, David Humbold, der Gesellschafter der Humbold GmbH. Was geht bei Ihnen eigentlich vor, Frau, Frau, wie war noch mal Ihr Name?«
»Seiler, ich heiße Veronika Seiler«.
Der Schreck übermannte ihn: »Was? Aber, aber, du bist doch tot.«.
»Wie bitte?«, rief sie entsetzt. »Du wurdest gestern auf dem Eiffelturm erschossen und bist daraufhin in die Tiefe gestürzt … Du bist tot.«, entgegnete David. Dann vernahm er raschelnde Geräusche und anschließend ein schnelles Tuten, sie hatte aufgelegt.

Geschlossene Augen. Dunkel, vermischt mit ein bisschen Orange, sonst konnte David nichts sehen. Ein starker Wind, vielleicht sogar ein Sturm, peitsche seinen Körper. David lag einfach nur da, irgendwo.
Müde und desorientiert öffnete er die Augen. Vor

ihm tat sich ein Bild auf, dass aus einem Gemälde stammen könnte. Ein Haufen wild übereinandergelegte Rohre, netzförmig vor blau-weißem Hintergrund. Das war alles, was er mit seinen braunen Augen wahrnahm. Laut tosend fegte der Wind durch die Gegend. Plötzlich nahm David ein unschuldig wirkendes Kichern wahr. Er hatte keine Ahnung, woher das heitere, helle Lachen kam. Um das herauszufinden drehte er seinen Kopf in alle möglichen Richtungen. Erst als er ihn in den Nacken warf, erkannte er die Quelle des Gekichers. Er entdeckte Veronika, wie sie langsamen Schrittes und mit einem zauberhaften Lächeln auf ihn zukam, allerdings auf dem Kopf stehend, weil er auf dem Rücken lag und angestrengt seinen Blick nach oben, oder besser, hinter sich richtete. Veronika breitete die Arme zur Begrüßung aus: »Na, endlich ausgeschlafen? Bist eben doch 'ne Schlafmütze.«
Er wusste nicht mehr weiter. Er hatte keine Ahnung was er tun oder glauben sollte. Der Anblick von Veronikas hübschem Gesicht ließ ihn alle Sorgen fast vergessen, aber nur fast. Dieses Gesicht liebte er. Die leuchtend grünen Augen, die hervorstehenden Wangenknochen, der sinnliche Schmollmund, die blonden Locken …
An das blasse Gesicht konnte er sich nicht wirklich erinnern. War sie schon immer so blass? In gewisser Weise sah ihre Haut aus wie tot oder zumindest stark unterkühlt. Klar, es herrschte ein eisiger Wind auf dem Eiffelturm, aber der Sommer verhinderte

jegliches Erfrieren, denn so kühl war es auch wieder nicht. David stand die Verwirrung ins Gesicht geschrieben. Er wusste nicht mehr weiter. Dennoch wurde die Lage noch schlimmer. Es geschah etwas, das ihn an seinem Verstand zweifeln ließ. Die weiße Lederhaut von Veronikas Augen schien sich mit feinen Äderchen zu füllen, sogenannte Kapillaren. Diese platzten jedoch und ein Film aus Blut breitete sich aus und machte weder bei der Regenbogenhaut, noch an den Pupillen halt. Alles füllte sich mit Blut, bis nur noch zwei tomatenähnliche, knallrote Augäpfel aus ihrem ansonsten makellosen Gesicht starrten.

Wie in Trance schaute er mit entsetztem Blick auf Veronikas dämonische Augen. Sie beugte sich langsam zu ihm runter wie ein Raubtier, das mit höchster Wachsamkeit auf seine Beute lauert. Auf eine Reaktion wartend, schnaubte sie sehr schwer. Er konnte ihren kalten Atem auf seinem Hals spüren. Es fühlte sich wie ein kleiner Blizzard an, ein regelrechter Schneesturm, der da punktförmig auf seinen Hals traf. David konnte nicht genau feststellen, ob seine Gänsehaut von Veronikas Atem, welcher immer wieder ruckartig und mit Eiseskälte auf seinen Hals gehaucht wurde, kam, oder ob sie eine Reaktion auf seine panikartige Angst war. In dem Moment, als er um Gnade flehen wollte, tat sie genau das, was er befürchtet hatte. Sie biss pfeilschnell in seinen Hals. Das Blut strömte überall hin. Veronika hatte seine äußere Halsschlagader, die Arteria carotis externa, durchgebissen. Das meiste Blut spritzte daneben, somit konnte Veronika nur einen Teil seines Blutes trinken. So schnell sie sich auch über ihn hermachte, so schnell ließ sie wieder von ihm ab. »Mein Speichel wird dich verwandeln.«, flüsterte sie ihm, warnend und genüsslich zugleich, ins Ohr. Dann erschob sie sich, ging zur Aussichtsplattform, breitete, wie zum Freitod bereit, ihre Arme aus, warf einen letzten Blick über die rechte Schulter zu David und lächelte höhnisch. Dann sah sie wieder nach vorn, zum Himmel über Paris, die Arme immer noch ausgebreitet, und verwandelte sich in eine tellergroße Fledermaus und flatterte davon. David lag immer noch da, konnte sich nicht aufrichten. Er hielt sich mit der rechten Hand die Bisswunde zu. Dennoch floss das Blut, wie das Wachs einer brennenden Kerze, an seinem Körper entlang zu Boden. Langsam rappelte er sich auf, stand sehr wackelig auf den Beinen, schlurfte zum Aufzug und fuhr nach unten. Irgendwo in diesem Eiffelturm musste er umsteigen, hinterließ eine kleine Blutpfütze in der Fahrstuhlkabine und betrat den nächsten Aufzug, um den Rest nach unten fahren. Als er wiederum diesen Fahrstuhl verließ, machte er ein paar unbeholfene Schritte, hinterließ dabei stets einige Tropfen Blut, drehte sich um, blickte zur Spitze des Turms hinauf. Plötzlich sah er Sterne vor seinen Augen, er fühlte sich ganz leicht und

komisch. Das Rauschen wurde heftiger, immer mehr
Sterne tauchten auf und verschwanden wieder,
wie bei einem hektischen Tanz sprangen sie hin und
her. Dann wurde es dunkel. Er schien zu erblinden,
anschließend brach er ohnmächtig zusammen.

Als er wieder zu sich kam, war es bereits Nacht.
Wieder wurde er vom Pfeifen des Windes geweckt.
Irritiert schaute er sich um, suchte nach einem
Anhaltspunkt, doch nichts in seiner Umgebung
schien darauf hinzuweisen, wo er sich befand. Den
Eiffelturm müsste er doch finden, diesen riesigen
Koloss aus Stahl kann man unmöglich übersehen.
Doch er war nicht da. Überall um ihn herum standen
große Laubbäume. Sie bildeten unheimliche
Schatten, die sich immer dann bewegten, wenn der
Wind durch die Äste fuhr und die Blätter zum
Rascheln brachte. »Nachtsüber ist der Eiffelturm
immer beleuchtet, den müsste ich doch sehen
können, der ist so groß, dass er alles überragt. Ich
verstehe das alles nicht. Wo bin ich bloß?
Wenigstens ist heute Nacht Vollmond, der spendet
genug Licht, um immerhin schemenhaft die
Umgebung erkennen zu können. Was ist denn
überhaupt passiert? Oh, Scheiße!
Er brach sein Selbstgespräch ab, fasste sich an den
Hals und merkte das er feucht war und dachte sofort
an Blut. Obwohl oder gerade weil er keinen
Schmerz verspürte, beunruhigte ihn das Gefühl zu
bluten. Im Dunkeln konnte er nicht sehen, wie viel

Blut aus der Wunde floss oder ob er sich das alles nur einbildete und sich sein Hals nur deshalb feucht anfühlte, weil der Waldboden unter ihm einen nebeligen Dunst bildete, der sich in Form feinster Wassertröpfchen auf seiner Haut und seiner Kleidung niederließ. Ahnungslos lief er spontan in irgendeine Richtung. Früher oder später müsse er doch auf Menschen treffen, dachte er, so versuchte er sich zu beherr-

schen. Die Angst davor, durchzudrehen, sorgte dafür, dass er einigermaßen bei Sinnen blieb. In der Dunkelheit glaubte er, einen Kiesweg zu erkennen, diesem folgte er minutenlang. Keine Veränderung. Es gab keinen Ausweg. Eigenartigerweise verspürte David keinen Hunger oder Durst, er musste auch nicht aufs Klo. Das erstaunte ihn sehr. »Vielleicht ist meine Seele aus meinem Körper ausgetreten oder bin ich etwa tot oder gar ein Vampir?«

Wie besessen tastete er seine Eckzähne ab. Als er nichts Besonderes feststellen konnte, atmete er erleichtert auf. »Gott sei Dank! Ich dachte schon, sie hätte mich in einen Vampir verwandelt. Sie hatte doch gesagt, dass ihr Speichel mich verwandeln würde. Das klang so, als würden sich in ihrem Speichel Vampir-Viren befinden und sie wolle mich damit anstecken … Ach, was! Das kann nicht sein. Denn sonst hätte sie mich bereits während dem Sex oder der Knutscherei angesteckt … Du meine Güte! Was denke ich denn da? Vampire gibt es natürlich gar nicht. Sie wollte mir nur Angst einjagen, aber warum? Und was ist, wenn sie mit Verwandlung, Ansteckung gemeint hat. Habe ich jetzt etwa Aids oder so was? Egal! Sobald ich hier raus bin werde ich einen Arzt aufsuchen, eine frühe Diagnose verhindert vielleicht das Schlimmste. Ich muss einfach nur ganz ruhig bleiben, ich schaffe das schon. Auf irgendeine Art und Weise komme ich schon hier raus.«, sprach er zu sich selbst, um Kraft und Mut daraus zu schöpfen. Der Wind blies erneut durch die Bäume, die sich daraufhin bewegten, wie Dämonen, die nach einer verirrten Seele haschen. Das dumpfe Pfeifen des Windes machte die Dunkelheit noch unheimlicher als sie ohnehin schon war. David lief und lief, immer mit der Hoffnung im Hinterkopf, doch noch einen Ausweg zu finden, den Waldrand zu entdecken. An einigen Bäumen musste er sich abstützen, festhalten, um nicht dagegen zu laufen. Der Vollmond spendete zwar etwas Licht, aber nicht genug, um alle Bäume zu sehen, manche lagen auch versteckt im Schatten, verhüllt in der Finsternis der Nacht.

Gerade, als er wieder einen Baum abtastete und die glatte Rinde des Baumstammes losließ, kommentierte eine von David noch nie zuvor gehörte Männerstimme: »Jetzt hat er die Rotbuche angefasst.«

»Wer ist da?«, fragte David, nachdem er sich erschrocken umdrehte. Aber es kam keine Antwort zurück. Die Männerstimme sprach sachlich. Weder vorwurfsvoll noch spöttisch, einfach sachlich, wie jemand, der einen Wetterbericht aus der Zeitung vorliest. David würde ängstlicher und zorniger zugleich: »Antworten Sie mir gefälligst!« Aber dennoch keine Reaktion, er kam sich verarscht vor, trotzdem beschloss er weiterzulaufen. Er irrte umher, es schien kein Ende zu nehmen. Baum reihte sich an Baum. Bereits abgelaufene Strecken schienen sich zu wiederholen. Alles um ihn herum waren Bäume, Äste, Blätter. Der Boden uneben und weich. Er kämpfte sich durch. Büsche, der matschige Untergrund, herumliegende Äste und Steine, all das erschwerte sein Fortkommen. Doch er blieb hart, kämpferisch, biss die Zähne zusammen.

Die Frage, wo Veronika geblieben ist und wer oder was sie ist, zehrte mehr an seinen Kräften, als der eigentliche Marsch, denn er liebte sie immer noch. Sie war alles für ihn. Sie wurde in der Zeit, in der sie sich kannten, nicht nur ein Teil seines Lebens, sie wurde sein Leben. Sie war der Mittelpunkt, um den sich alles drehte.

Auf einmal entdeckte er das Ende der Bäume am Horizont. »Der Rand des Waldes, ich hab es geschafft!«, jubelte er und legte an Tempo zu, um schneller aus dem Wald zu kommen. Zwar rannte er nicht, aber lief dennoch zügig, er musste ja sehen, wo er hinlief, da war rennen unmöglich. Hastig klatschte er jeden Baumstamm, der ihm auf seinem Weg zum Waldrand entgegenkam mit seinen

Händen ab, um sich zu vergewissern, wo die Bäume standen, damit er sich nicht den Schädel anschlug. Endlich erreichte er ihn. Mit einem großen Sprung sprang er über die Brennnessel die sich da so frech vor ihm aufbaute. Er hätte auch darum herumgehen können, aber einerseits sah er nicht, ob sich daneben weitere Pflanzen befanden, andererseits wollte er den direkten Weg nehmen und dachte gar nicht daran, dem kleinen Hindernis auszuweichen. Am Waldrand war eine Wiese, überall Gras, jedenfalls war das das einigste, was er auf kurze Distanz wahrnehmen konnte.

Plötzlich zuckte, begleitet von einem klickenden Geräusch, ein Lichtblitz am Himmel auf. Der Blitz wurde immer heller, um ihn herum bildete sich ein Hof, der den schwarzen Himmel blau färbte. Die blaue Fläche wurde größer und größer, bis sie den gesamten Himmel bedeckte. Die Umgebung wurde mit dieser plötzlichen Erscheinung ebenfalls heller. Die milde Temperatur der Nacht war einer frühnachmittäglichen Sommerhitze gewichen.

Vollkommen verwirrt sah sich David um. »Es scheint Nachmittag zu sein. Wie ist das jetzt wieder passiert? Eben war es doch noch stockfinstere Nacht.«
Wieder fasste er sich an den Hals, doch da war nichts zu spüren, selbst als er danach seine Hand betrachtete, war nichts zu sehen, kein Blut oder

sonst was. Hatte er sich Veronikas Biss nur eingebildet? Alles schien in Ordnung zu sein, allerdings hatte er keine Ahnung, wo er war. In der Ferne erkannte er eine Landstraße, die sich hinter dem Waldrand zu befinden schien. Also machte er sich auf den Weg.

»Er läuft zur Landstraße.«, kommentierte die Männerstimme, die David zuvor im Wald wahrgenommen hatte. Erschrocken sah er sich in alle Richtungen um, doch da war niemand zu sehen. »Was geht hier nur vor?«, flüsterte David zu sich selbst. Angst stieg in ihm auf, er fühlte sich beobachtet. So rannte er plötzlich los, als sei ein Monster hinter ihm her. An der Landstraße angekommen, entdeckte er, dass sie direkt durch den Wald führte.

Auf der linken Seite war eine Bushaltestelle. Er lief rüber und studierte den Fahrplan sehr genau. Für einen Augenblick verzog sich sein Mund zu einem Lächeln, da er glücklicherweise herausfand, dass der nächste Bus bald kommen und ihn in die Stadt fahren würde. Dem Plan konnte er auch noch entnehmen, wie weit er von zu Hause entfernt war. Es waren nur ein paar Kilometer. Diese Strecke hätte er zu Fuß gehen können, wäre er nicht vorher schon eine Ewigkeit durch den Wald gelaufen. Mit der Absicht auf den Bus zu warten, setzte er sich im überdachten Wartehäuschen auf die Bank und blickte auf das Plakat, welches in der Seitenscheibe angebracht war. Darauf wurde Werbung für einen

Kinofilm gemacht, der demnächst unter dem Titel „Alptraumwelt" in den Kinos laufen sollte. Als Hauptdarsteller, Drehbuchautor, Produzent und Regisseur war ein gewisser Manuel Spinner daran beteiligt. David schien den Namen von irgendwoher zu kennen, konnte ihn aber nicht wirklich zuordnen.

Schnaken, Bienen und andere Insekten flogen durch die Luft und manchmal auch nur knapp an Davids Nase vorbei. Pollen wurden vom Wind durch die Gegend getragen, sie erinnerten David an Sex, an Fortpflanzung. Er wünschte sich, dass Veronika hier wäre, ein richtig derber, schmutziger Fick konnte er jetzt gut gebrauchen, nach all dem Stress. Er stellte sich vor, wie er Veronika bumste.

Missionar, Reiten, Löffelchen, Hündchen … bis ihr das Sperma aus den Augen tropft und langsam die Wangen hinunterläuft und einen milchigen Glanz auf ihrem wunderschönen Gesicht hinterlässt. Das stellte er sich unter „Tränen der Liebe" oder „Liebestränen" vor. Doch der Traum vom versauten, schmutzigen Sex wurde abrupt gestört, als der Bus auf die Bushaltestellenbucht zufuhr. David war so in seinen Gedanken versunken, dass er gar nicht bemerkte, dass der Bus näherkam, und auf dem Straßenseitenraum anhielt. Erst das quietschende Bremsgeräusch und das anschließende Zischen beim Öffnen der Türen.

Hinten stieg niemand aus. David ging mit großen Schritten die Stufen hinauf. Vor dem Fahrer stehend

zückte er den schwarzen, querformatigen Geldbeutel und suchte nach Münzen. Das Münzfach war leer, so griff er nach einem Zehn-Euro-Schein. Mit erhobener Hand machte der in die Jahre gekommene Busfahrer eine Winkbewegung. »Sie brauchen nichts zu bezahlen. Heute ist ein ganz besonderer Tag.«, verkündete er stolz und lächelte dabei freundlich, was seine Falten, vor allem die tiefen Fältchen um die Augen, noch besser zum Ausdruck brachte. Sein dünnes, weiß-graues Haar, welches nur in Form eines Kranzes sein Dasein fristete, hatte er lang wachsen lassen und streng von der rechten Schläfe nach links gekämmt, um seine Glatze zu verbergen. Wie es das übliche Busfahrerklischee so will, hatte auch er ein weißes, kurzärmeliges Hemd an. »Wie meinen Sie das?«, fragte David erstaunt. Der Busfahrer drückte ein paar Knöpfe, damit sich die Türen wieder schlossen und erklärte: »Ich weiß, wer sie sind. Sie sind Herr Hombold, Inhaber der gleichnamigen Kuscheltierfabrik. Meine Enkeln und Enkelinnen spielen sehr gern mit dem Spielzeug aus Ihrem Hause. Sie haben mir damit sehr viel Freude bereitet. Nun, erlauben Sie mir bitte, Ihnen eine Freude zu machen und setzen Sie sich einfach.« Nachdem sich David für diese freundliche Geste bedankt hatte, setzte er sich ziemlich weit hinten im Bus auf einen Sitzplatz.
Die Sitze waren mit blauem Stoff überzogen und machten einen sauberen Eindruck. Im ganzen Bus verteilt saßen Leute der unterschiedlichsten

Altersklassen. David sah aus dem Fenster und war erleichtert, als er endlich wieder Häuser zu sehen bekam. Zum ersten Mal seit langem hatte er das Gefühl, nach Hause zu kommen. Daheim wollte er sich aufs Bett legen und sich erst einmal ausruhen. Die Hitze im Bus machte ihn noch müder, er wurde richtig schläfrig. Der Bus schien an Geschwindigkeit zu verlieren. Die Bremsen quietschten wie verrückt, da kam er auch schon zum stehen.

Eine Haltestelle. Dahinter ein Gebäude mit einem Schild an der Wand neben der Eingangstür, welches darauf hindeutete, dass in dem Haus ein Psychiater seine Praxis hatte. Sofort sprang David auf, eilte hinaus und klingelte. Ein lautes Surren wies darauf hin, das die Tür geöffnet werden konnte.

In hektischer Aufregung lief David an die hellbraune Empfangstheke. Sie hatte die Form eines Hufeisens. Der beige Fliesenboden gab den Trittschall angenehm wieder.

Alle Wände in der Praxis waren in einem hellblauen Farbton angestrichen worden, wahrscheinlich hatte das psychologische Gründe. Die blaue Farbe sollte wohl eine beruhigende Wirkung auf die Patienten ausüben. Ob diese Methode jemals erfolgreich war, ist zu bezweifeln.

Am Empfang kramte eine Arzthelferin, etwa Mitte dreißig, in den Akten. Sie war wie eine Krankenschwester angezogen, von oben bis unten in

weiß, kurzes Oberteil, langes Unterteil. In Brusthöhe
war ein blaues Namensschild angebracht. In weißer
Schrift geschrieben, stand ihr Name: S. Himmelsbach. Sie trug eine Bobfrisur. Ihre schwarzen Haare
passten perfekt zu ihren strahlend blauen Augen.
»Entschuldigen Sie, bitte. Ich hätte gern einen
Termin beim Dr. Holzstock.«
Die Empfangsdame ging zum Tisch, zog den
Terminkalender näher an sich heran, zückte einen
Kugelschreiber, beugte sich nach vorn und blätterte
im Kalender. Dann bemerkte sie einen komplett
terminfreien Tag, hielt kurz inne, hörte mit dem
umblättern auf und ließ die Seiten, die sie noch in
der Hand hielt, niedergleiten. Mit dem Zeigefinger
deutete sie auf einen Tag, an dem noch nichts
eingetragen wurde. »Der Donnerstag wäre noch frei,
den kann ich Ihnen anbieten., ist 14 Uhr okay?«,
sagte sie und sah, noch immer in ihrer gebeugten
Haltung verweilend, zu David auf. »Ja, das würde
gehen.«. Sie notierte den Termin im Kalender,
kramte einen kleinen Block, auf dem „*Tag*" und
„*Uhrzeit*", sowie die Adresse und Telefonnummer
der Praxis bereits vorgedruckt war, hervor und
schrieb die Termindaten auf den Zettel, riss ihn mit
einem schnellen Ruck ab und reichte ihn David
hoch. Er nahm den Zettel, warf einen kurzen Blick
darauf, zog den Geldbeutel aus der Hosentasche,
legte den Zettel zu den Geldscheinen und verstaute
die Geldbörse wieder in seiner Hosentasche.
Den Geldbeutel hatte er, aus Angst vor Dieben, nie

in seiner Gesäßtasche, sondern immer in einer der vorderen Taschen.

Er bedankte sich für den Zettel und verließ die Praxis und lief auf dem Gehweg nach links. Etwa zehn Minuten schlenderte er die Straße entlang, bis zur Villa. Endlich war er wieder zu Hause. Er kramte den Haustürschlüssel aus der Hosentasche und schloss damit die Tür auf. Er öffnete sie, trat ein, und schloss sie wieder.

Kapitel 4: Das kleine Mädchen

Schlapp fühlte er sich, als er auf dem Sofa im Wohnzimmer Platzt nahm. Dann legte er sich hin. Sein Kopf lag auf der Armlehne, seine rechte Hand hatte er ebenfalls auf der Lehne abgelegt, ein paar Zentimeter vor seinem Gesicht. David lag auf seiner rechten Körperseite, sein linker Arm ruhte seitlich auf dem Bauch, seine Fingerspitzen berührten die Sitzfläche des Sofas. Das rechte Bein war ange-winkelt, das linke lag darüber. In dieser Position schlief er ein.

Eine Kinderstimme rief: »Hallo, weißt du, wo meine Mama ist? Sie hat gesagt, sie würde mich hier abholen, aber sie ist nicht gekommen. Hey, du, ich rede mit dir. Kannst du mir sagen, wo meine Mama ist?«
Schlaftrunken öffnete David die Augen und sah ein kleines, blondes Mädchen vor sich stehen: »Was ist los?«, flüsterte er heiser und erschöpft.
»Ich suche meine Mama. Hast du sie gesehen?«, drängte das Kind weiter.
Müde setzte er sich auf: »Nein … Nein, ich habe sie nicht gesehen. Wie sieht deine Mutter überhaupt aus? Wie bist du überhaupt in mein Haus gekommen? Und was hat deine Mutter hier verloren?«
Das Gesicht des kleinen Mädchens bekam einen ernsteren Zug: »Sie hat blonde, verdrehte Haare,

zieht sich meistens hohe Schuhe an und hängt immer mit irgendwelchen fremden Männern rum. Hast du sie jetzt gesehen oder nicht?«

Angestrengt dachte David nach: »Was meinst du mit verdreht? Verdrehte Haare … Meinst du Locken?«

Mit einer aggressiven Gleichgültigkeit zuckte das Mädchen die Achseln und sagte in einem genervten Tonfall: »Kann sein«

David überlegte kurz: »Hmm, und wie heißt deine Mutter?«

Das Kind wurde langsam ungeduldig: »Sylvia. Hilfst du mir, sie zu suchen?«

Das verwirrte ihn: »Was habt ihr eigentlich in meinem Haus verloren?«

Das Mädchen setzte einen bösen Blick auf: »Du bist so ein Blödmann, David!«

Danach wandte sie sich von ihm ab, rannte zur Haustür, riss sie auf und lief weg.

Fassungslos blieb David auf dem Sofa sitzen.

»Woher kennt sie meinen Namen?«, rätselte er leise flüsternd vor sich hin. Schnelle Schritte waren zu hören, sie schienen von draußen zu kommen. Die Haustür knallte zu. Die Schritte wurden immer lauter, jemand lief in Davids Richtung. Dieser sah gespannt zum Flur hinaus. Das Mädchen hatte die Wohnzimmertür offen gelassen, so konnte er einen Teil des Korridors sehen. Ein Schatten wurde auf eine Wand im Hausflur geworfen, eine menschliche Silhouette. Dann wurde der Urheber des Schattens sichtbar. Es war das Mädchen. Es betrat das

Wohnzimmer, ging direkt zu David und fauchte:
»Warum tust du so, als würdest du uns nicht
kennen?«

Darauf war er nicht vorbereitet, er war baff: »Was
heißt hier uns? In kann mich weder an dich, noch an
eine Sylvia erinnern. Wie heißt du eigentlich?«
Enttäuscht stand das Mädchen mit gesenktem Kopf
vor ihm und sagte mit einem vorwurfsvollen
Unterton: »Ich bin Lara. Vor einer Woche wurde ich
acht Jahre alt. Du hast mir zum Geburtstag ein
Puppenhaus und ein Plüschtier gekauft, eine rote
Katze mit einem weißen Fleck, von der Nase bis zur
Brust und einen weißen Fleck auf jeder Pfote. Ich
hab dir gesagt, wie süß ich das finde. Katzen sind
meine Lieblingstiere«

David tat das kleine Mädchen leid: »Ich weiß
wirklich nicht, was hier vor sich geht. Lara, ich kann
mich wirklich nicht erinnern, dich jemals gesehen zu
haben. Und deine Mutter, Sylvia, kenne ich auch
nicht.«

Sie starrte zutiefst enttäuscht auf den Boden.
Da stand sie nun mit ihren langen, blonden, lockigen
Haaren und den grünen Augen. Sie sah wie eine
Miniaturausgabe von Veronika aus. Lara trug ein
rosafarbenes, dreilagiges Petticoatkleid mit zarten
Vichy-Karos. Der Reißverschluss auf der Rückseite
ders Kleids sorgte dafür, dass sie sich mühelos an-
und ausziehen konnte. Ihre Schuhe waren, passend
dazu, ebenfalls rosa.

Plötzlich löste sie sich vor Davids Augen, wie ein

Geist, in Luft auf. Überrascht und entsetzt zugleich riss er seine Augen und den Mund auf, er stand unter Schock und war mit dieser Situation total überfordert.

Auf einmal sprang er auf, eilte zum Telefon, holte den Terminzettel, den er von der Praxis mitbekommen hatte, aus dem Geldbeutel und rief die Nummer, welche unten auf dem Zettel vorgedruckt war, an.
Die Verbindung baute sich auf. Nach dem Suchton war der Freiton zu hören. David wartete und atmete schwer. Panik machte sich in ihm breit. Immer dasselbe, immer und immer wieder. Schon wieder wusste er nicht, wie ihm geschah.

Hatte er irgendwo etwas getrunken, in das man heimlich Drogen einwerfen konnte?
Ist er verrückt geworden?
Träumte er das alles bloß?
Oder träumte er schon wieder?
Wenn es nur ein Traum war: Wann begann er?
Ist das ein einziger Traum oder eine Reihe mehrerer Träume? Und was soll das alles überhaupt bedeuten?

Eins stand fest: David wollte Antworten. Sofort.
Der Freiton war noch zu hören.
David dachte nach, kam aber auf keinen grünen Zweig. Nichts, was Linderung verschaffen konnte.

Nichts, was Erklärungen liefern konnte.
Nichts, was seine Qualen beenden konnte.

Wildes Rascheln.
Dann meldete sich jemand: »Psychologische Praxis,
Dr. Holzstock, Sylvia Himmelsbach. Guten Tag,
was kann ich für Sie tun?«
Als der Name Sylvia fiel, zuckte er kurz zusammen
und dachte an Lara, das kleine Mädchen, weil so
angeblich der Name ihrer Mutter lautete.
Anschließend antwortete er: »Guten Tag, David
Hombold hier. Ich habe bei Ihnen einen Termin für
Donnerstag, aber ich wollte fragen, ob ich auch
gleich bei Ihnen durchkommen kann. Seit einer
Weile habe ich Halluzinationen und fühle mich nicht
in der Lage zu unterscheiden was echt ist und was
nicht.« Mahnend antwortete Frau Himmelsbach:
»Heute ist Samstag. Die Praxis hat nur für Notfälle
geöffnet.«
David ließ nicht locker: »Aber wenn das kein
Notfall ist, was ich da habe, dann weiß ich's auch
nicht.«
Dann gab Frau Himmelsbach dann doch nach:
»Also, gut. Kommen Sie vorbei! Aber Sie müssen
mit Wartezeit rechnen.« David beruhigte sich:
»Vielen Dank! Das geht schon … Das Warten macht
mir nichts aus.«
Im Wartezimmer saßen … nein, niemand, es war
leer. Nur David wartete, schaute sich die
verschiedenen Landschaftsbilder an den Wänden an.

Manchmal sah er auch aus dem Fenster, um den Straßenverkehr zu beobachten.

Die Wände des Wartezimmers waren hellblau angestrichen, wie der Rest der Praxis. Der weiße Putz an der Decke hob sich angenehm vom Blau der Wände ab. Der Parkettboden passte irgendwie gar nicht dazu, er war dennoch da. Vermutlich wollte man damit Patienten, die auf dem Weg zur Besserung waren, wieder verrückt machen. Vielleicht wollte man auch erreichen, dass sich die Verrückten wohlfühlen, so nach dem Motto: Verrückte brauchen eine verrückte Umgebung.

Toll! Was kommt als nächstes?
Eine unsichtbare Blindenschule?
Wäre doch ganz praktisch. Da blinde Menschen eh nichts sehen können, könnte das Gebäude doch ruhig unsichtbar sein, die Blinden würden das nicht merken. Das könnte lustig werden.
Da fährt man sonntags mit dem Auto an einer Wiese vorbei, sieht ein tiefes Loch und eine Menge Leute in sitzender Haltung fünf Meter darüber schweben, und einer, der steht. Das wäre dann der Lehrer. Ihn würde man von draußen nur beim Öffnen und Schließen seines Mundes beobachten können, aber nichts hören, weil die Wände zu dick sind.

Schritte kamen näher, Frau Himmelsbach ging zu David und befahl ihm mitzukommen. So erhob er sich von seinem Stuhl und folgte ihr. Bald waren sie am Ziel. Frau Himmelsbach öffnete eine schwere, weiße Tür.

Die Klinke war in dem selben Feuerrot gehalten, wie die Zimmernummer. Etwa in Brusthöhe hing an der Tür eine große Drei.

Mit der Hand gab Frau Himmelsbach ihm ein Zeichen: »Bitte nehmen sie Platz, der Doktor kommt gleich.«

Sie schloss die Tür. David setzte sich auf einen braunen Stuhl und wartete. Auch in diesem Raum wurde das Gesetz „Blaue Wände, weiße Decke, Türen und Fenster samt Rahmen" streng eingehalten.

Ein brauner Chefsessel stand vor dem Schreibtisch aus Mahagoni. Auf dem Tisch lagen Schreibutensilien aller Art und weiße Blätter, sowie Taschenrechner, Hefter, Stempel, Klemmbrett und eine grüne Tasse mit gelbem Aufdruck: *„Dein Hirn gehört mir!!!"*, ein Computer mit weißem Gehäuse, Maus und Tastatur in dem selben Farbton rundete das Spektrum ab.

An den Wänden hingen Plakate und Poster vom inneren des menschlichen Gehirns und dessen Aufgabenverteilung. »Sehen tut man also mit dem Hinterkopf«, stellte David fest. Ein Bücherregal, ebenfalls aus Mahagoni, stand, im Gegensatz zum Schreibtisch, auf der rechten Seite des Zimmers und wies eine Sammlung von Büchern auf, die von namhaften Psychologen verfasst wurden. Für einen kurzen Augenblick sah David nach rechts, zu den Büchern, als die Tür aufging und Dr. Holzstock reinkam. Der Psychiater war etwa vierzig Jahre alt, hatte kurzes, blondes Haar. Sein Kieferknochen war breit, die Wangen halb eingefallen. Er war sehr schlank, geradezu wie ein Senkblei baumelte der weiße Kittel kerzengerade nach unten. Dünn, dünner, Dr. Holzstock. Ja, so dünn wie ein hölzerner Spazierstock war er wirklich, der dürfte wohl leicht untergewichtig gewesen sein, der liebe Herr Doktor.

Der Arzt nahm auf seinem Chefsessel Platz. Weil der Kittel daraufhin verzogen war, turnte der Doktor eine Weile auf dem Stuhl herum, bis die Kleidung richtig saß. Dann warf er einen Blick auf David, kniff die Augen zusammen, schnitt eine Grimasse und warf den Kopf hin und her. David kam sich verscheißert vor, sagte jedoch nichts dazu. Der Arzt normalisierte seine Körpersprache wieder und wollte wissen: »Was verschafft mir die Ehre Ihres Besuches? Wo drückt der Schuh?«
David wurde unsicher, kam sich verarscht vor. Ihm schien es so, als sei er der Arzt und der Doktor sein Patient. Aber wo er schon mal hier war …
»Ich habe Halluzinationen und manchmal wache ich auf und weiß nicht, wo ich bin.«, sagte David.
»Beschreiben Sie mir Ihre Halluzinationen bitte genauer!«
»Plötzlich tauchen Menschen auf und verschwinden wieder, diese Menschen sind mir mal vertraut, dann

wieder völlig fremd. Manchmal höre ich auch Stimmen, die ich vorher noch nie gehört habe, obwohl niemand in der Nähe ist«

»Was sagen die Stimmen? Sind es böse, befehlende Stimmen oder sind es Stimmen, die davon berichten, was Sie gerade tun, wie, zum Beispiel: „Jetzt schreibt er einen Brief" oder „Er setzt sich hin"?«

»Ja, das mit den Beschreibungen, was ich gerade tue, habe ich gehört, ja«

»Interessant«, er macht sich Notizen. Danach überlegte er kurz und sagte: »Wissen Sie, wir Psychologen verwenden dafür den Ausdruck: Kommentierende Stimmen.«

»Aha!«

»Weiter! Was beschäftigt Sie noch?«

»Na, ja. Da ist noch dieses Mädchen.«

»Welches Mädchen? Erzählen Sie mir mehr darüber!«

»Vor ein paar Stunden wollte ich einen Mittagsschlaf machen, als mich plötzlich ein kleines Mädchen weckte. Sie sagte, sie suche ihre Mutter. Sie hat auch gesagt, dass sie vor einer Woche acht Jahre alt geworden sei und dass ich ihr ein Puppenhaus und eine Plüschkatze gekauft haben soll. Aber davon weiß ich nichts, ich habe das Mädchen noch nie zuvor gesehen. Ich habe auch nicht die geringste Ahnung, wie sie in mein Haus gelangen konnte.«

»Ja, das hört sich alles sehr seltsam an. Fühlen Sie sich verfolgt oder will Ihnen jemand schaden?«

»Nein, nicht das ich wüsste.«, antwortete David.
Der Arzt tippte auf der Tastaur rum und sagte dann:
»Ich habe da einen Fragebogen für Sie. Füllen Sie
ihn gleich mal aus, Sie brauchen dafür etwa zehn
Minuten. Darin geht es drum, wie Sie sich innerhalb
der letzten zwei Wochen gefühlt haben. Sie können
auf meinen Stuhl sitzen, ich komme gleich wieder.«
Mit diesen Worten verließ der Arzt das Zimmer.

David setzte sich auf den Chefsessel und füllte den
Fragebogen am PC aus. Er musste ankreuzen, was
auf ihn vollkommen, oft, selten oder nie zutrifft.
Einige Fragen musste er auch mit „Ja" oder „Nein"
beantworten, indem er auf J oder N klickte. Es ging
in dem Test hauptsächlich darum, wie er sich
anderen Leuten gegenüber verhält, ob er gern im
Team oder lieber allein arbeitet, ob er an die große
Liebe glaubt, ob er gut schlafen kann und ob und
wie häufig er daran denkt, sich das Leben zu
nehmen.
Als er die letzte Frage beantwortet hatte, stand er
auf, ging zu dem Stuhl für Patienten und nahm dort
wieder Platz.

Hier wartete er eine ganze Weile, bis sich Dr.
Holzstock wieder herein bequemte.
»Ah, ich sehe, Sie sind fertig, Sie können gehen.
Machen Sie draußen noch schnell einen Termin für
nächste Woche. Auf Wiedersehen, Herr Hoimbold.«
Dr. Holzstock schüttelte David die Hand, legte ein

Grinsen auf und hob die Hand zum Abschied, anschließend setzte er sich an seinen PC und tippte etwas ein.

Am Empfang sah David gerade die Arzthelferin, Sylvia Himmelsbach, beim Sortieren und Aufräumen der Akten. Sie bückte sich dabei. Das gefiel ihm.

In seiner Phantasie malte er sich aus, wie er hinter die Theke schlich, sich die Hose, samt Unterbüchse auszog, und seinen Penis in ihre tierisch heiße, vor lauter Sehnsucht nach einem Penis bettelnde Scheide steckte. Zuerst zärtlich langsam, dann immer fordernder würden seine Stöße werden. Sie würde sich vor lauter Ekstase am Aktenschrank festkrallen. Oh, Gott! Das Gedankenspiel musste aufhören, er merkte schon, wie sich sein Penis selbstständig machen wollte und das durfte auf keinen Fall passieren. Er wollte gar nicht daran denken, wie es wohl aussehen würde, wenn er mit einem erigierten Glied an der Theke einer Arztpraxis stehen würde. Als er da so an der Theke stand, bemerkte sie ihn und ging zu ihm rüber: »Brauchen Sie einen neuen Termin?«

»Ja, nächsten Mittwoch wäre ideal.«

Sie blätterte im Terminkalender bis zum Mittwoch. »Geht es um 15 Uhr?«, wollte sie wissen. David bejahte die Frage. So notierte sie dort den Termin für ihn und schrieb ihn auch auf den Block, riss den Zettel ab und reichte ihn ihm. David bedankte und verabschiedete sich und verließ die Praxis.

Daheim ging er in die Küche, um sich etwas Essen zu machen, schließlich war es schon Abend. Als er den Kühlschrank öffnete, wurde er von einem Schreck erschüttert. Überall Gänsehaut. Schweißnasse Füße. Der Schock saß tief. Ohne Vorwarnung redete jemand, das erschrak ihn. »Wo warst du?«, fragte eine Kinderstimme. Nach diesem Schock atmete er erstmal richtig durch, schloss den Kühlschrank und schenkte dem Kind seine Aufmerksamkeit: »Ich war beim Arzt«

Lara wurde nachdenklich: »Warum? Bist du krank? Hast du Fieber?«

Wie um das gesagte zu überprüfen legte sie ihm spontan ihre Hand auf seine Stirn. »Nein, Fieber hast du nicht«, stellte sie fest. Zärtlich nahm David ihre Hand von seiner Stirn, setzte sich vor ihr auf die Knie, um mit ihr auf Augenhöhe zu sein und erklärte: »Weißt du, Lara, nicht nur der Körper kann krank werden, auch die Seele ist verwundbar«

»Wie meinst du das?«, wollte Lara wissen.

»Tja, in letzter Zeit kam es vor, dass ich Dinge sah, die nicht hier waren. Manchmal habe ich auch Stimmen gehört, obwohl niemand in der Nähe war. Ich besuche jetzt einmal pro Woche einen Arzt, der sich mit solchen Sachen auskennt und der hilft mir dann«, antwortete David.

Laras Gesicht entspannte sich: »Okay, hab verstanden. Du bist gaga«, spottete sie

David konnte sich ein Lächeln nicht verkneifen und streichelte Lara am Kopf: »Ja, ich bin wohl

tatsächlich gaga«, kommentierte er ihre Äußerung.
Beide lachten darüber. »Wollen wir Freunde sein?«,
fragte sie neugierig. »Klar. Ich mag dich doch«
antwortete er.
Wie um die Freundschaft zu besiegeln, umarmten
sie sich. Für einen kurzen Moment kam David der
Gedanke, hier zu knien und Luft zu umarmen,
lächerlich vor. Dann konzentrierte er sich auf seine
Halluzination, auf Lara. Ihre kleine Brust war
während der Umarmung an seine gepresst, sodass er
spürte, wie ihr kleines, aufgeregtes Kinderherz
pochte. Ihr Haar duftete nach Erdbeershampoo.
Sanft gleitend strich seine Hand über ihren Rücken.
Leise flüsterte sie ihm ins Ohr: »Ich muss weg«
Gleichzeitig löste sie sich in Luft auf.
Enttäuscht und wie in Trance stand David auf und
ging zum Kühlschrank, da er hungrig war und etwas
essen wollte.

Am nächsten Morgen wurde er von einem lauten
Klingeln geweckt. Hastig griff er nach dem weißen
Telefon, das neben ihm auf dem Nachttisch stand.
Mit einem »Hallo?«, meldete er sich. In der Leitung
war eine weinerliche Frauenstimme zu hören, die
verzweifelt klang: »Warum hast du mich umge-
bracht?«
David riss, aus lauter Überraschung, die Augen auf:
»Veronika, bist du das?«, begann er sich zu
erinnern.
»Warum hast du mich umgebracht?«, wiederholte

die Stimme mit dem gleichen Wortlaut wie zuvor. Reflexartig knallte er den Hörer auf die Gabel. Das Telefon klingelte erneut. Mit aufgerissenen Augen und weit geöffnetem Mund starrte er darauf. Ohne es aus den Augen zu lassen, kroch er verängstigt aus dem Bett und lief, sehr langsam und schleichend, rückwärts, den Blick immer aufs Telefon gerichtet, Richtung Tür. Dabei bemerkte er, dass es sich verflüssigte, es schmolz wie Eiskrem. Je weiter er vom klingelnden Telefon entfernt war, desto größer wurde die Pfütze, bis vom weißen Telefon nur noch eine weiße, milchig-trübe Flüssigkeit übrigblieb. Aus dem klingelnden Monstrum war eine schweigende Pfütze aus Sperma geworden. Rückwärts schlurfte er, die Pfütze immer im Blick habend, zur Tür hinaus. Dann konnte er sich gedanklich losreißen und rannte den Flur entlang.

»Aufwachen, Schlafmütze! Es ist bald zwölf Uhr mittags.«, sagte Lara. Panisch blickte sich David um und atmete erleichtert auf, als er das Telefon unbeschadet auf dem Nachttisch stehen sah. »Es war nur ein Traum. Glück gehabt!«
Darauf sagte das Mädchen: »Ich hab Hunger«
»Was hälst du von Schnitzel mit Pommes?«
»Oh, ja, das wäre super«
»Deck du schon mal den Tisch im Esszimmer, ich ziehe mich um und dann wird gekocht und frittiert. Das schmeckt dir sicher«, sagte David lächelnd und mit dem Finger auf sie zeigend. Dabei stand er auf

und machte sich auf den Weg ins Bad. Gerade, als er die Badezimmertür geöffnet hatte, fragte er: »Wo wohnst du eigentlich?«

»Das weißt du doch«, antwortete Lara, von der Frage sichtlich genervt. »Nein, das weiß ich nicht«, gab er grimmig zurück. Lara hob ihren Zeigefinger, lief zu David ins Bad und berührte ihn mit der Fingerspitze an der Stirn. Eine bisher nie gespürte Panik übermannte ihn, längst gehegte Zweifel wurden wahr. »Hier drin wohne ich.«, sagte das Mädchen selbstbewusst.

Seine Panik wurde größer. Verzweifelt presse er ein »Was?«, heraus und starrte das kleine Mädchen vor ihm nur entsetzt an.

FORTSETZUNG FOLGT ...

Demnächst ebenfalls erhältlich:

Wie viel Minuten noch?
Die Biographie von Daniel Möller

Lesen Sie die Biographie des Spitzenspielers Daniel Möller, bekannt aus dem Spielfilm:
"Fußball-WM im Einzel"

Weitere Infos unter

www. Manuelsmermaidmovie.de

Tränen der Wahrheit

Im zweiten Band des erotischen Psycho-Thrillers findet David Hombold die Wahrheit heraus. Eine Wirklichkeit, wie sie schlimmer kaum sein könnte.
Veronika ist tatsächlich noch am Leben, wird aber von Entführern gefangen gehalten. Allerdings weiß niemand, wo. Doch um das herauszufinden muss David ein großes Opfer bringen. Er muss sich entscheiden:

Zwischen Lara, dem kleinen Mädchen, das er so sehr ins Herz geschlossen hat und seiner großen, aber sadistisch veranlagten, Liebe Veronika.

Für wen wird er sich entscheiden?
Und mit welchen Folgen?

Noch erotischer! Noch spannender!
Bebendes Verlangen - Tränen der Wahrheit
Ab dem 02. Mai 2011 überall erhältlich.